焔 レン　十四歳

神ノ原に住む中学生。バトルゲーム「モンスト」で全国大会を目指している。明、葵、皆実とチームを組む。メインモンスターは「坂本龍馬」。

しなら
せるぜよ!

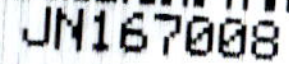

水澤 葵

明るく優しい性格で、水泳が得意。レンを「モンスト」に誘った。

若葉 皆実

天然な性格だけど、チームのムードメーカー。いつもハイテンション♪

AKIRA KAGETSUKI
影月 明
レンたちのチームメイト。いつも冷静沈着だが、熱い一面も持つ。メインモンスターの「神威」は強力だ。
ある日、モンストコロシアムでバトルをしていたレンたちの前に、不気味なモンスター「ゲノム」が現れる。
クッ
攻撃したけれど……

明は過去に飛ばされてしまう。そこで出会ったのは十歳のレンたちだった。
神ノ原ファイ・オー！
REN HOMURA
焔 レン 十歳
研究者の祖父から頼まれて、モンスト試作版をプレイしている。父親が行方不明。
ストライクショット！

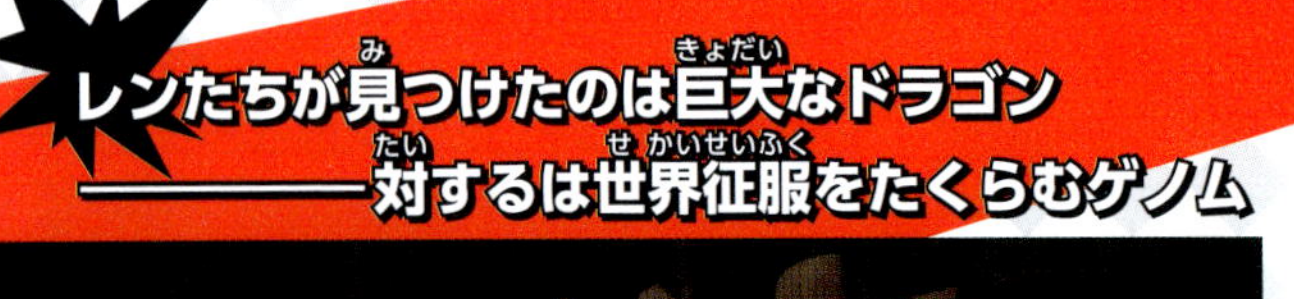

世界を守るためレンたちの大冒険が始まる！

そして**最後の戦い**——

モンスターストライク THE MOVIE（ザ ムービー）

はじまりの場所へ

XFLAG™ スタジオ・原作
相羽 鈴・著
岸本 卓・脚本

集英社みらい文庫

もくじ

レンの父
焔 燿一郎

モンストとは!?

「モンスト」とは「モンスターストライク」の略で、スマートフォンに入っているゲームアプリ。特別な指輪を使用して、コロシアムにモンスターを呼びだし、モンスター同士を戦わせる。チームは四人で組むことが多い。

4 YEARS AGO

「四年前」のキャラクター紹介

十歳。ゲーム「モンスト」の試作品を作ることに協力している。

ゲーム「モンスト」を開発している研究者たち。

レンの祖父。

春馬の父。

春馬の母。

加藤

自衛官。世界の治安のために「モンスト」を利用しようとしている。

Dr.セラーズ

米国のエネルギー省の科学者。加藤と同じ目的で研究所を訪れたようだが……？

キーワード!!

はじまりの指輪

十四歳のレン、葵、皆実、春馬が持つ仲間のあかし。明だけが持っていない。

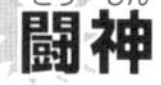

闘神

怒り、憎しみなどの負の衝動を世界にもたらす強大なモンスター。十四歳のレンたちは何度も闘神と戦ってきた。

時空の少女

影月明

木立の間をひらひらと、桜が舞っている。

ギン！

キモノ姿のサムライが、生き物のように襲いくる木の根を断つ。

幕末の志士、『坂本龍馬』。

バトルフィールドである林を、彼は縦横に駆けていく。

「神威、今助けるきに！」

「くう……っ」

龍馬のむかう先には、木のツルに動きを封じられた全身装甲の騎士がいる。

『神威』。彼もまた、ここで戦うモンスターだ。

刀を振るい、神威をツルから解放した龍馬。

このフィールドの「支配者」でもある敵……少女の姿をしたモンスター『桜』に、一気にむかっていく。

「遊びは終わりにするぜよ！」

龍馬が振りかぶり、一気に斬りこむ。

「あぁっ……」

『桜』が、白刃を受けて倒れた。

飛び散るのは鮮血ではなく、無数の花びら。

そこでふっ、とモンスターたちが消えた。

あとに残されたのは、「モンストコロシアム」の無機質な壁。

それに今まで「モンスト」対戦をしていたプレイヤーたち。

「おっしゃ！」

「ナイス！　レン」

「すごぉーい」

「…………」

明るく前むきな少年、レン。

ちょっと勝ち気で頑張り屋の葵。

トロンとした目の天然娘、皆実。

それに、メガネの奥で切れ長の目を光らせる、チームの頭脳、明。

中学の同級生で組まれた四人チームだった。

モンストは二人から四人のチームで戦うスマホゲーム。

バーチャル・ビューの設置されたコロシアムにモンスターを呼びだし、指輪の力でぶつけあい、パワーを、戦略を競う。

この街の中学生なら誰もが、モンストをプレイし、ランク上位を目指していた。

今のは言うならば、練習試合。

「なんだ、あとちょっとだったのに。でも次は負けないぞ、**はっはっは〜**」

奇妙な笑いを響かせる、対戦相手の太陽。

彼もまた、レンの同級生であり、モンスト仲間であり、ライバルだ。

太陽のチームは生徒会長の純、喫茶店マニアの茜、熱血の参枚、となかなかアクの強いメンバーで構成されている。

「やったな」

「うん！」

「今日も勝てたぁ〜」

レン、葵、皆実は、勝利を喜んで手を重ねる。

その指に光るのは、はじまりの指輪。

『三人』が何年も前からの仲間であることを示す、大切なアイテムだ。

そして、ひとりだけその輪に加わらない人物がいた。

明だ。

くちびるを噛んだまま、じっと立ちつくして動かない。

「明？　どうしたんだよ」

「……べつに」

レンの問いにも応えず、明はさっさとメインコロシアムを出る。

「明、さっきレンに助けてもらったのが嫌だったのかなぁ？」

「……そう、なのかな」

確かに今日、明のあやつる『神威』はおされ気味で、レンの『龍馬』がなにかと援護した。

「いや、もしかしたら、なにかべつの理由があるのかも……」

レンは少し気になって、明の背を目で追いかけた。


太陽たちと別れたレンは、帰り際、明の姿を探してみた。

彼は、コロシアムの待機スペースの壁にもたれてじっと一点を見つめている。

『モンスト全国大会地区予選』

視線の先には、そう書かれた貼り紙がある。

それと見比べるように、自分の手もとの指輪を持ちあげていた。

明の指輪は他の三人のものとはちがい「量産型」だ。

「予選で春馬のチームと対戦するの、楽しみだな！　あいつのことだからすっげえ腕磨いてるよ。オレらも頑張ろうな」

そう声をかけるが、明の表情は動かない。

「俺は、今日限りでチームを出る」

「えっ」

「どういうこと？」

後からついてきた葵と皆実もその言葉におどろく。

「おまえたちの本当の仲間は春馬だ。現に俺ははじまりの指輪を持っていない」

そっけなく明は言った。

今から少し前、レンたちはゲートと呼ばれる門からこちらの世界に干渉してくる、闘神と呼ばれる本物のモンスターと戦った。

人間の記憶を書き換えてしまうおそろしい敵たち。

葵、皆実、明と一時期チームを組んでいた「春馬」という友達もまたあやつられていた。

いくつもの死闘に勝利し、春馬を解放し……

そして、実はモンスターたちに奪われていたそれぞれの記憶を取り戻す。

モンストとレンら五人にまつわる真実がいくつも明らかになった。

明と出会うよりもずっとずっと前から、レン、葵、皆実、春馬がチームメイトだったこ
とも、そのひとつだ。

それを知って以来、明の表情は少し沈んでいる。

「明！」

レンが明を追いかけようとしたとき、人気のないコロシアムに突如、大きなサイレンが
鳴り響いた。

周囲の電光掲示板すべてに『エラー』と表示されている。

「えっ！　なになに？」

皆実がびくっとして葵にしがみついた。

「もう電源は落ちてる時間なのに……あっ、あれなに？」

葵が指さす通路の先に、細く黄金色の光が漏れいづる扉がある。

レンたちは駆けていってその扉をあけ、そして息をのんだ。

「ここ……モンスター召喚ルームか？」

駆動の音を響かせる巨大な装置が「でん」と陣取っていた。

ぱちぱちとプラズマが弾け、それが一点に集まり……

「！　なにかくるよ！」

葵が叫ぶと同時に、空間がねじ曲がるように「ゲート」がひらいた。

レンたちは知っている。

ゲートがひらくとき、それはモンスターがこちらの世界へやってくるときだ。

ゲートを飛び越えるようにふらりとやってきたのは、ひとりの女の子のモンスターだった。

角帽にメガネ。かわいらしいおさげ髪。

大きなトランクをちょこんと両手で持っている。

長くて重たそうなスカートが風にばさりと揺れた。

「お願い……助けて……」

小さくつぶやいてこちらに助けを求める。

その身体がぱたりと、床に倒れた。

「あの子、いったい誰だ？」

レンが声をあげたとき、さらに不可解なことが起こった。

光を放つゲートから、長い腕がにゅっと突きだされる。

モンスターの少女を、追いかけるように伸びたその腕の持ち主は……

「な、なにあれ！　こわっ……！」

葵が悲鳴をあげた。

ひょろりとした身体に口元がさけたような笑み。

ピエロにも似たまがまがしいモンスターだった。

そいつはゲートをこじあけるようにあらわれ、倒れた旅行カバンの少女に歩みよる。

包帯を巻きつけたような不気味な足が一歩また一歩と、ふるえる少女にせまる。

「おい、なにする気だ、どういうことか説明しろよ！」

レンの叫びにも耳を貸さない。

「このままじゃあの女の子が……えいっ、『ナポレオン』！」

葵のあやつるナポレオンが風を切ってあらわれ、飛び蹴りを見舞う。

「そうだよな、よくわからないけどやるしかないか……龍馬！」

レンはスマホを高く構えて指先をすっと乗せ……

一気に力をためて、滑らせる！

龍馬がそう言いながら、謎のモンスターに斬りかかった。

「なんじゃ、オモシロいことになっちゅうのう」

皆実のあやつる『デッドラビッツ』がそれにつづく。

しかし化け物は、龍馬の剣もラビッツの牙も、曲芸のような動きでよけてしまう。

パン！

龍馬は懐から銃を抜いて撃った。幕末の志士、龍馬はピストルの使い手でもある。

しかし……それも当たらない。

「どけ、俺が倒す」

そう言って、レンたちの前に立ったのは明だった。

「明、あぶな……」

「おまえらの力は借りない。さがってろ」

言うなり、明は神威を放つ。

疾走した神威は、目にもとまらぬ速さで化け物に接近して、ひらりと身体をひねった。

グワシィ！

強烈な蹴りで、化け物の身体が吹っ飛ぶ。

壁に突っこんで大の字に倒れ、動かなくなった。

「……すごい、勝った！」

葵の歓声があがる。

明は喜ぶでもなく、トランクを持つ少女につかつかと歩みよった。

「大丈夫か？」

「……ありがとう」

放心していた少女が、うつむいたままお礼を言う。

「あなた、誰なの？」

「私は、エポカ……時間に関する研究をしているの」

「エポカ……じゃあの、気持ちの悪いモンスターは？」

「あれは、ゲノム……」

皆実と葵に聞かれて、エポカは切れ切れに答えた。

「いったいどういうことだ。あのゲートがなんなのか説明しろ」

「あんなモンスターは……見たことないよな」

明とレンも、首をひねる。

そのとき、エポカに気をとられて、誰もが気づかなかった。

倒れたゲノムがぎろりと不気味に目玉だけを動かし、こちらを見ていることを。

「あっ！」

エポカが高く悲鳴をあげる。

ゲノムの腕が音もなく伸びて、足首にからみついていた。

「きゃあああ！」

「エポカちゃん！」

小さなエポカは抵抗もできないまま、引きずられていく。

ゲノムは腕にエポカをとらえるなり、低く笑った。

「さあ、『時空の扉』をひらいてもらおう！」

「いやああ！」

エポカの胸に小さくポッと光がともる。

ゲノムの、不気味に伸び縮みするバネの腕。

それがずずっ、と光の塊に入りこむ。

まるでエポカの身体から、なにかを引きずりだすように。

「ううっ……」

まるで鍵でもあけるように、クイ、と腕がひねられた、そのとき。

「な、なにあれ！」

皆実が指さす先には、エポカが持っていたトランクが落ちている。

そのトランクがかぱりとひらき、中から無数の、巨大な時計が飛びだした。

止まったものもある。動いているものもある。

すべての時計が不思議な光を放っていた。

「ようやく、時空の扉がひらいたか」

ゲノムは満足げに笑い、エポカの身体を床に投げだした。

そのままヒタヒタと、時空の扉と呼んだその時計に進んでいく。

「ダメ……ゲノムを行かせてはダメ。ゲノムは……闘神を使って世界を征服するつもりなの」

「時空の扉？　世界征服？　どういうことかわかんないよぅ……」

わけもわからず、皆実があせる。

「闘神って、『カルマ』みたいなヤツってことか？　それってヤバいんじゃ……」

レンたちはかつて、闘神と呼ばれる強大な能力をもつモンスターを何度か退けていた。

「ちっ……とりあえず……止めるか」

明が、ショットを放とうとした。

「ぐあっ」

しかし、スマホに指がかかる一瞬前に、ゲノムのしなる腕がそれを阻止する。

明が吹っ飛んで壁に叩きつけられる……その寸前。

「レン……？」

レンが明と壁の間に挟まるような形で、飛んできた身体を抱きとめた。

「おまえ、なんで……」

「くっ……、あいつ、止めないと」

苦しげな様子でレンがうめく間にも、ゲノムは時空の扉にせまっていく。

時計の針たちがいっせいに逆回転を始めた。

「なにが起こってるんだ……」

明が立ちあがり、その背にむかって再びショットのかまえに入る。

その瞬間！

ごうっ！

無数の時計から一気にプラズマが放たれた。

「……明、危ない、さがれ！」

レンは声をあげるが、一瞬だけ、遅かった。

明の身体が光につつまれ、ゲノムとともに、時計のむこうに吸いこまれていく。

「明ぁああ！」

葵が叫び、フロアじゅうが光につつまれ、そして……

光が失われたそこに残っているのは、エポカのトランクだけだった。

「なにがどうなったんだ？　ゲノムは……明はどこに行ったんだよ」

呆然と立ちつくすレンに、エポカがふるえる声で告げる。

「彼らがむかったのは……四年前のようです」

「よ、四年前？　じゃ、あれって本当に時空の扉なのか？」

「お願い、これをもう一度ひらいて！　明を連れもどさなきゃ」

葵の願いに、エポカはふるふると首を振る。

「ダメなんです……ゲートの力がそばにないと、再び時空の扉をひらくことはできないの」

「そんな……」

皆実が涙ぐみそうになったとき、レンがはっと目を見ひらいた。

「待てよ、思いださないか。四年前って、オレたちが『あの冒険』をしたころじゃないか。

あのとき、突然あらわれて仲間になってくれた……」

皆実と葵も、その言葉でなにかに気づき、顔を見あわせる。

「！　もしかして、ちょっと年上の……」

「そっか！『あのとき』のお兄ちゃんて……」

「ってことはもう一度あの場所に行けばいいんだな！」

幼なじみの三人の間に「ある記憶」がよみがえった。

「ねえ、エポカちゃん。ゲートの力があれば、私たちも四年前に行ける？」

「え、ええ……でも」

「よし、オレたちを四年前に連れて行ってくれ。ゲートのことなら任せろ」

レンはニッと笑って、床に座りこんだエポカに手を差し伸べた。

「今度助けるのは、オレたちの番だ！」

「………？」


そのころ、明は時空の渦の中にいた。

いくつもの実体のない時計が、周囲をとり巻いている。

「く……これがタイムゲートの中……いったいどこにつながってるんだ」

どこかにむかって、身体が落ちていく感覚がある。

周囲の景色はめまぐるしく移り変わっていた。

深い水に沈んだ、古い街がある。

夕暮れの小道を歩く、知らない父と子の姿がある。

それに……

まがまがしい闘気をまとった、見たことのないモンスターに焼きつくされる、ビル街がある。

「まさかこれが、……ゲノムの目的……？」

はっとなにかに気づいたように、明の目がするどくなった。

レンの日々

四年前。レン十歳。

その日、レンは今よりもっと小さなころの夢を見ていた。

『レン。人はかつて、龍と一緒に生きていたんだ。龍は決して、恐ろしい生き物じゃないんだよ』

父である燿一郎が古文書のようなものを手に、そう言って笑っていた。

古びた紙に、見たこともない生き物がたくさん描かれている。

膝にのせてもらって、一ページずつめくっていく。

『なのにいつしか、人は龍をうやまう気持ちを忘れてしまったんだ』

長く首をもたげた深紅の龍と、古代人のような人間の姿が描かれている。

レンはぎゅっと父の服の袖を握った。

なぜかはわからない。でも、父が遠くに行ってしまうような予感がした。

『お父さん、どこにも行かないでね』

小さなレンがそう訴える。

けれど父の姿にはうっすらと、もやがかかっていく。

『！　行かないでよ、お父さん……！』


泡が消えるようにパチンと、そこで夢は終わった。

「ううーん……あ、寝ちゃったんだ……」

そこは父の部屋だった。

今は部屋の主がいないので、時間が止まったようになっている。

植木鉢に水をやったついでに書物などをながめていたら、寝てしまったらしい。

「なんか……変な夢見た……父さんと、この部屋で本を読んで……」

ふっと、父のことを思い出す。

シャボン玉やキャッチボールをして、よく遊んでくれた。

そのとき使ったカラーボールは今でも大切にしていて、いつもポケットに入れている。

そっとボールに触れると父を思いだして、なんとなく切なくなってしまう。

父の机の上には、レンと父が並んで映る、笑顔の写真があった。

どこで撮ったのかは忘れてしまったが、ふたりで旅行したときのものだ。

「父さん……」

古生物の研究をしていた父とは、もうずっと、会えないままだ。

ドラゴンを探しに出かけて、いつしか消息をたってしまった。

十歳のレンは時折ふっと、父親が恋しくなる。

そんな時にはついここにきて、父の集めた不思議な生物の記録をながめたりしている。

「…………」

別に寂しくなんかない、と自分に言い聞かせて立ちあがったとき。

「あっ」

机の上に置いていた、水の入ったコップを倒してしまった。

「やっばー……あれっ」

机の上に置かれた一冊の本に、水がかかる。

水のしみこんだ裏表紙に、なにかの形が浮きあがっていた。

「これ……なんだろう。カード？」

レンは本を手にとって首をかしげた。

水でゆるんだ紙をそっとはがしてみる。

中から出てきたのは『焔耀一郎』と書かれたＩＤカードだった。

「……父さんの……どこの場所のだろう？」


どたどたどた！

「行ってきまーす！」

二階から駆けおりてきたレンは、靴を履くのももどかしく外に飛びだした。

「また研究所？　晩ご飯までには帰ってきてね」

「はーい！」

レンが出ていくと、焔家のリビングは嵐が去ったように静かになる。

「お兄ちゃん、最近いっつも研究所だね」

マセた妹の花燐が呆れたように言った。

「……そうね」

ソファでつくろい物をしている母は、ちょっと心配そうに窓の外を見る。


数分後。

レンは神ノ原の街を、元気に走っていた。

小高い丘から見おろす、線路やビル。細い路地に、急な階段。

「いつもの場所」に行く「いつものルート」を走る。

長い坂を勢いよく駆けぬけていくと、下に友だちの姿が見えた。

「レーン！」

手を振ってレンを呼ぶのは、葵、皆実、それに春馬だ。

スポーティなTシャツ姿の葵に、ぽわぽわした格好の皆実。

そして春馬は、シャツとカーディガンをきっちり着こんだ賢そうな男の子だった。

「おっ先にー！」

レンは三人の横をひょいっと走りぬけた。

「あ、レン待ってよ！　よーし、負けないんだから！」

運動神経抜群の葵が追いかける。

「ま、待って！」

「あはは！」

あわてた様子の春馬、それにちょっとふわふわした走り方の皆実もつづいた。

四人がむかう「いつもの場所」は、すでに使われていない大きな公園だ。

中には科学館や野球場まであるけれど、今は立ち入り禁止になっている。

「こんちは！」

だけど四人は警備員さんに軽く挨拶をするだけで門を通ることができる。

「ここの科学館って、なんで閉館しちゃったんだろうね？」

プラネタリウムのドームがある科学館は、今は緑におおわれてひっそりと静まっている。

「さあ……、あれ？」

ふと建物の方に目をやって、レンは気づいた。

古びた科学館の入り口に、いくつかの人影がある。

「じいちゃんだ。それに、春馬の父さんと母さんもいる」

レンの祖父エイイチ、それに春馬の両親である玄馬と百合。

彼らはこの公園の地下でひっそりと「ある仕事」を行っていた。

レンたちが「顔パス」で公園に入れるのも、その仕事に関わっているからなのだ。

「あの人たち、誰だろう？　お客さんかな？」

エイイチ、玄馬、百合と話しこんでいるのは、制服にネクタイをしめてヒゲをはやした知らない男だった。

その男を守るようにして、迷彩服を着た兵士がつきしたがっている。

「あのワッペン……特自。特務自衛隊だ」

「とくじ？　なんかわかんないけど、エラそうな人たちだね」

「春馬のパパたちとなに話してるんだろ～？」

春馬たちがそう言いかわしていると、話が終わったようだ。

エイイチと玄馬と百合は、科学館の中に入って行った。

と、そこにもうひとり、髪をそりあげて白衣を着た長身の外国人があらわれる。

その男は、制服の男となにか言葉を交わし……

そしてくるりと振りかえり、まっすぐにレンを見た。

「………？」

遠くから見ているレンたちに、なぜ気づいたのだろう。

どことなく気味の悪い目つきでレンを見つめるその男が、小さく口を動かした。

『四年前のあいつらか』

なぜかはわからない。だが、そう言っているように見えた。

「………？」

「レンー？　なにしてるの？　早く行こうよ！」

すでに大人たちから興味をなくした葵たちは、さっさと歩き始めている。

「う、うん！」

レンはなんとなくしっくりしないものを感じつつ、三人の背を追った。

『神ノ原野球場』

そう書かれた球場のプレートは、色あせて蔦におおわれている。

レンは『立ち入り禁止』と書かれた柵をぴょんと飛び越えた。

「あ、それやっちゃダメなんだよ！」

「気にすんなって！　早く行こうぜ！」

葵に怒られても、レンの足は止まらない。

最近は毎日のようにここにきているけど、毎回はじめてのようにワクワクする。

だって……ここにくれば、開発中のゲームができるから。

研究者であるレンの祖父が協力して作ったという、モンスター・バトル・ゲーム。

その名を『モンスターストライク』、通称『モンスト』だ。

レンたちはその、テストプレイヤーを任されている。

もう誰も使わない、野球場の用具置き場、選手控え室……。

通路を通って、たどり着いたのは投球練習場だった。

祖父エイイチから託されている開発用のスマホを、ピッと壁につける。

ただの壁が、ヴ……と音を立ててひらいた。

その先にあるのは、無人の野球場とはちがう無機質な壁。

強化ガラスに仕切られた、機械のフィールド。

まさにここが、新作ゲームの秘密の開発用スタジアムだった。

「レン！　いつもの！」

「お、そっか」

鼻歌まじりにスタジアムに入ろうとするレンを葵が呼びとめた。

四人は円陣を組んで、息の合った動きで手を重ねる。

「神ノ原〜、ファイ」

「「「おー！」」」


つきあげた四つのこぶしに、指輪が光る。

四人一組でプレイするこのゲームは、チームワークも大切だ。

ここにきたときはいつもこうするのが、なんとなく決まりになっているのだった。


聖剣の騎士『アーサー』が、美しい金髪を揺らして剣を振るう。

少女のような姿には凛とした気品がある。

しかしその攻撃は大きな空振りに終わった。

「うー！　パワーが大きすぎてうまく使えないよ！」

「ドンマイ葵！」

慣れない操作にとまどう葵を、春馬がすかさずフォローする。

「えいっ」

皆実のぎこちないショットで、『グリーンリドラ』が敵の『フロッギー』に突っこむ。

「ナイス皆実！」

そして次に攻撃を仕掛けるのはレンの『レッドリドラ』。

だがこれは見事に、こん棒で打ちかえされた。

「レン、一回態勢を立て直すぞ！」

「まだまだ……！　オレが決める！」

レンは春馬の言葉を聞かずに、再度のショット。

途中で味方の『ブルーリドラ』をあさっての方向に弾き飛ばしつつ、しかしフロッギーにも命中した。

「よっしゃ！」

レンは大きくガッツポーズ。

しかし葵や春馬は、納得のいかない顔だった。

「レン、強引すぎるよ！　こんなんじゃいつか、誰かが怪我しちゃう！」

「みんなで戦ってるんだから、なんでもひとりでやろうとするなよ」

「いいじゃん、勝てたんだから」

レンは耳を貸さず、上機嫌で操作盤にむかい、対戦データの記録を始める。

「んもぉ！」

ワガママなレンに、皆実がぷくっとふくれた。

そんなレンたちの様子を、コントロールルームからカメラ越しに見つめる男がいた。

「……なるほど、なかなか元気な少年ですな。確かお孫さん、でしたか」

春馬が「特務自衛隊だ」と断じた、制服の男。

胸のネームプレートに『加藤』とある。

「……それで、今日はどうした」

レンの祖父エイイチは、苦い顔をしている。

「私がなにをしにきたかはおわかりでしょう。例のものを見せていただきたい」

加藤は胸のポケットから煙草をとりだし、火をつけると深く吸いこむ。

「博士。我が国務省の膨大な予算をつぎこんでおきながら、エネルギー省とも手を組むとは参りましたよ」

「……利用したのはお互い様だ」

加藤が煙をはきだしたとき、スマホが鳴った。

「……なに？　わかった。よし、早急に身柄を確保しろ」

みじかい通話のあと、加藤はそばにいた白衣の外国人にささやく。

「Dr.セラーズ、『例の少年』の存在が確認できました。まもなく足取りも判明するでしょう」

Dr.セラーズと呼ばれた男は、それを聞いて満足げにニタリと笑った。

加藤は何事もなかったようにエイイチにむき直ると、要求する。

「さて。我々がここにくるのも今日が最後です。……例のものを」

「……わかった……玄馬、あれを」

エイイチの短い指示で、そばにいた玄馬が操作盤に指を滑らせる。

コントロールルームの壁がズズ……とひらいた。

その奥にいたのは、眠るように目をとじて身体を丸めた――

巨大な深紅の、ドラゴンだった。

テストプレイを終えて、レンたち四人はぶらぶらと帰り道を歩いていた。

あたりはすっかり暗くなっている。

「今日も春馬のパパとママ、帰ってこないの？」

「うん。開発も大詰めで忙しいんだって」

「……忙しい、ねー……」

葵と春馬の会話を聞いて、レンが少し、ムスッとしたような顔になる。

「あ……レンのおじいちゃんもだっけ。研究者って大変なんだね」

「べつに。大人が好きなことやってるだけだし。大変とかそういうんじゃないだろ」

強がるようにレンが言った、そのとき。

「ねえねえ、見てアレ、キレ〜」

皆実が、さっき後にした球場の方を振りかえって歓声をあげた。

空に不思議な色の光が、揺れながら広がっている。

「わー、なにあれ。オーロラ？」

「このあたりじゃオーロラは見られないよ……不思議だね、なんだろう？」

春馬も光に見とれながら、首をかしげる。

そんな四人の脇を一台のものものしい装備のトラックが不気味に駆けぬけた。

龍との出会い

翌日の夕方。

学校の授業を終えたレンは、昇降口で葵を待っていた。

クラスメイトのケンタが、ランドセルをポンとたたいて話しかけてくる。

「おいレン。遊びにいこうぜ」

「あ、ごめん、今日ダメなんだ、用事があって」

「ふーん、野球場に出るってウワサの幽霊を探しにいきたかったのに。おまえ最近、放課後なにしてんの？」

「いや、ちょっと……」

テストプレイの件は極秘なので、レンは言葉につまる。

「レン、お待たせ、行くよ」

そこへバタバタと葵が走ってきた。

「え？　また葵もいっしょなの？　ふたりでなにしてんだよ、教えろよ」

興味シンシンでせまるケンタに、さらりと葵は答えた。

「ごめんね、私たち、これからデートなんだ」

「はあっ？」

その言葉にケンタがのけぞる。

「ケンタもいっしょにくる？」

「い、いいよ！　じゃーな！」

ケンタは大人びた葵の言葉に、どうしていいかわからなくなったらしい。

ぷいっと背中をむけてどこかに行ってしまった。

「ふう。じゃ、行こっか？　レン」

葵は何事もなかったようにレンをうながしながら、昇降口を出る。

「……えっ、デート？　デー……って、ええええっ！」

ようやく意味を飲みこんで、レンはひとりで動揺する。

「ばーか。もう、早くきなさいってば」

葵は涼しい顔でそう言って、スタスタと歩いていった。

「あっ……なんだ、ごまかすつもりで言っただけか」

ついつい赤くなった自分が恥ずかしい、レンだった。


レンと葵は、球場につづく道を、ふたりで歩いていた。

「葵、今日も『アーサー』でプレイすんの？」

「うん、そのつもり」

ぽつぽつとそんな話をしながら、住宅街の長い階段をおりる。

「あいつはむずかしいよ、強すぎてオレもぜんぜん使いこなせないもん。でも、ま、葵が失敗してもオレが決めてやるけどな！」

レンは今日もやる気に満ちていた。

葵はそんなレンの背をじっと見つめ、少し迷ってから言う。

「レン、あのさ」

「なんだよー」

「もっとチームワークとか、考えたほうがいいと思うよ」

葵の口調はいつもより真剣だが、レンはさして気にとめない。

「そうだけどさ、でもまずは自分が強くならなきゃ意味ないじゃん」

ぱっこん！

深く考えずに言うレンの頭に、お仕置きのようになにかが降ってきた。

「いってえ！」

「**おお――――！**　靴が下むいてるから、明日は雨だ！」

ノー天気な声とともに、階段の上からひょこひょこと降りてくるのは、皆実だった。

うしろには春馬の姿もある。

レンの頭にぶち当たったのは、よく見れば皆実のブーツだった。

「なにすんだよ」

「ごめ――ん！　でもあたしのお天気占いは当たるんだよ～」

そうして合流した四人は、高台から街を見おろしつつ歩く。

「ねえねえ、そういえばさ、あの球場で幽霊出るってウワサになってるの知ってる?」

「あ、知ってるよ。私のクラスでも聞いた」

女子ふたりはそんな会話を始めた。

「本当はゲームを作ってるだけなのにね」

春馬もレンの隣を歩きながら、そう苦笑する。

「……本当に、そうなのかな」

街を見おろしながら、レンはポツンと言った。

「え?」

レン以外の三人は、そのひとことに足を止める。

「本当に……あれってゲームを作ってるだけなのかな。それにしてはなんだかずいぶん大がかりだし、それに父さんが集めてた資料に、あのモンスターに似た……」

「ふふふふふふふふ」

疑問を口にするレンに、邪悪な顔をした皆実がせまる。

「やっと気づいたのね、レン」

「な、なにに？」

「あのゲームに隠された真実。あのモンスターたちはただのゲームキャラじゃないの。実は……」

「実は……？」

「宇宙からきたんだよ！」

くわあぁっ！

皆実は目を見ひらき、悪魔にとりつかれたような顔になった。

「あー、はいはい……」

「もう、本気にして損した……」

「ほら、バスがきたよ、急ごう」

皆実のしょうもない言動はいつものことなので、三人は「やれやれ」だ。

皆実はバス停にむかって、パタパタと駆けていった。

「…………？」

バスに乗りこむ直前、レンはふと、誰かの視線を感じて振りかえる。

だけど背後には、誰もいない。

「気のせいか？」

バスが到着し、いつものように公園の敷地に入ろうとして、レンはふと気づいた。

「あれ？　警備の人がいない」

そういうこともあるのかな、と思いながら球場跡に行ってみる。

しかし、そこもいつもとは様子がちがった。

「ここにも警備の人、いないね」

「おしっこかな？」

警備員にドアをあけてもらわないと、中には入れない。

レンたちは首をかしげつつ、球場の周りをぐるりとまわってみる。

「あれ？　シャッターのこんなところ、壊れてたっけ？」

一般入場口だった部分の金属製のシャッターが、一部分だけこじあけられている。

なんだか、変だ。

そう思ったとき、レンはさらに気づいた。

茂みのむこう、科学館につづく通用門があけ放たれている。

「いつも閉まってるのに……なんか変だな、行ってみよう」

「もどろう。科学館は絶対に入っちゃダメって言われてるだろ」

春馬が歩きだしかけたレンの腕を、とって止める。

確かに、ここへの出入りは厳しく禁止されていた。

だけどレンは『ある理由』があって、どうしてもそこに入りたかった。

「ちょっとなら大丈夫だって。行ってみようぜ」

春馬の手を振り払うようにして、タタッと中に入る。

「行っちゃった…どうしよう。もう、ホントにレンは……」

葵があきれてため息をつく。

「ほっとくわけにはいかないだろ。行こう」

「ええ～でも～」

「大丈夫だよ、皆実」

春馬と皆実もそんな会話をしながら、あとにつづく。

科学館の中はしんと静まっていた。

展示品の巨大な化石や骨格模型たちが、じっとたたずんでいる。

「すごいね、この恐竜はなんていう種類かな？」

「これはカスモサウルスだよ、たぶん幼体かな」

「春馬、物知り～」

「じゃあ、こっちは？」

葵たちはそんな風にあれこれ指さしながら、奥へと進んでいく。

レンはひときわ巨大な骨格標本の前で、ぴたりと足を止めた。

「なんだろう……この感じ」

古代の恐竜たちの化石を見ていると、なつかしいような恐ろしいような気持ちになる。

「……ドラゴン……」

自分でもよくわからないままポツンとそんなつぶやきが漏れた。

ゴゴゴゴ……

まるでレンのつぶやきに反応したように、小さな地鳴りがした。

「なんの音だ……？」

音の出所を探ると、展示室の奥にらせん階段が見えた。

奥は薄暗く、どこにつながっているのかもわからない。

「この階段、なんだ？　ちょっと行ってみるか」

「ええっ、やめなよ、レン」

春馬が止める。

本当はレンもこわかった。

なんだか異様な雰囲気を感じる。

だけど一度言いだした手前、ひっこみがつかない。

「ちょっと見てくるだけだよ。こわい奴はここにいろ。オレは平気だけどな」

ずんずんと、先の見えない階段をおりる。

「仕方ないな……」

春馬が小さく息をついて、それにつづいた。

「私も行ってみよっと」

葵もなにか気になるのか、ふたりの後から歩き始める。

「あたしは……ここで待ってる。こわいから」

皆実は首を振って、その場でピタッと足を止めてしまう。

「……ん、わかった。すぐもどるね」

葵は少し迷うように黙ってから、そう言って階段をおりた。


「ううう－！　おしっこ！」

レンたち三人が謎の階段をおりていってから、ほんの数分後。

皆実は科学館の周囲をウロウロしていた。

「トイレ。この辺にないかなあ……」

科学館の中は、薄暗いし恐竜の骨格模型がならんでいて、ちょっとこわい。

ひとりでトイレを探して歩きまわるのも嫌で、つい外に出てきてしまった。

うっそうとした森の中をチョロチョロと歩くが、そう都合よくトイレはない。

「あれっ、靴が落ちてる」

視界の端に、ブーツのようなものが投げだされているのが見えた。

「えーっと、この落ち方ってことは、明日の天気は……雪？」

深く考えずにえいっ、と靴がある方にジャンプして……。

「……えっ？」

信じられないものを目にして、皆実の動きが固まった。

そこにあったのは靴だけじゃなかった。

草の地面に、ふたりの男性が倒れている。

たぶん、なぜか今日に限っていなかった、警備員だ。

「！　ひゃあああっ」

制服をじっとり染める血の色を見た瞬間、皆実は恐怖で腰をぬかした。

奥の通路を調べることにしたレンたち三人は、おそるおそる先に進んでいた。

「このドア……なんだろう」

そう遠くない場所に、頑丈な扉がある。

「あけてみよう」

取っ手の部分に手をかけてひねると、ゴゴゴと低い音を立ててドアがあいた。

「これって……」

「どういうことだ」

葵と春馬がおどろいて息をのむ。

そこに広がっていた景色は、とても科学館の地下とは思えないものだった。

太いパイプがはいまわり、ところどころなにかのガスが噴きでている。

不思議な色あいの光が、点々と周囲を照らしていた。

「やっぱりそうだ」

レンの心では、おどろきや恐怖よりワクワクが勝っていた。

「オレの思ったとおりだ。あのゲームは、ただのゲームじゃない。ここでいったい、なにが行われているんだろう」

つぶやいたとき、カツカツと足音がした。

レンたちがいる反対側の通路に、人の姿がある。

「あの人、昨日、じいちゃんたちといた……」

長身に白衣の、外国人の男……Dr.セラーズだった。

兵士らしき護衛をずらずらと引き連れている。

「ねえ、見つかったら怒られちゃうよ」

葵が小声で言った、そのとき。

「ねえー！　大変なの！」

血相を変えた皆実が、こちらに駆けよってきた。

「大変、大変なの！　おしっこ漏れそうだったから外に出たら人が！　血で！」

「こらー、皆実！」

レンたち三人は「しー！」と同じリアクションをとる。

「だだだ、だって、明日は雪だなって思って見てみたら、人が、足もついてて、それで」

「わかったから静かにして、気づかれちゃう！」

葵は皆実のほっぺたを両側からむぎゅっと押さえる。

しかし、時すでに遅し。

「誰だ！」

白衣の男を守っていた兵士がするどい声をあげた。

「子供だ！　子供がいる、本部に連絡を！」

「ああっ、バレちゃった」

レンたちは慌てて、もときた道を引きかえそうとする。

パンッ！

乾いた音がして、風を感じる。

「えっ……、嘘だろ、銃？」

「レン、いいから走れ！」

春馬に手を引かれて、レンは走る。

不思議な坑道の横道のような部分に入り、薄暗い通路を駆けた。

少しひらけた空間に出たところで、四人は立ち止まる。

「な、なに今の……まるでホントに銃みたいな音……あっ！」

息を切らす葵が顔をあげ、レンを見て目を丸くした。

「レン、ほっぺ……」

レンのほおには、浅く焼けたような擦り傷がある。

我に返るとヒリヒリした痛みが襲ってきた。

「あれ本物の銃だ……」

「どういうことだ？　早くここを出よう！」

春馬がさけんだ。

「で、でもどこに行けばいいの？　きっと出口にはさっきの人が、ていうか、おしっこ漏れちゃうー！」

「この坑道ってどこにつながってるんだろ」

葵が言ったとき。

「君たち、なにをしてる」

兵士の声がした。

「きゃー！　ごめんなさい！」

森で血まみれの警備員を見たばかりの皆実は、まだパニックがぬけない。

大声でさけぶなり、レンに抱きついた。

「うわっ」

皆実に突き飛ばされるような格好になったレン。

尻もちをついたとき、ズボンの尻のあたりでカチリとなにかの手ごたえがあった。

次の瞬間、身体がふわっと軽くなった。

正確には、身体が軽くなったんじゃない。

レンたちの足もとの床が、四角形にぬけていた。

「わあああっ」

四角にぬけた床は、ぐんぐん地下にさがっていく。

「わ、わあ、すごい……」

まるでエレベーターに乗せられたような格好で、四人は深く潜る。

「レールが敷いてある……」

どうやらそれは、坑道を移動するためのものらしい。

「どこに行くんだろう……」

あちこち蒸気の噴きだす坑道を、今度はぐんぐんとまっすぐに進んでいく。

「止まるぞ……」

春馬が言うと同時に、エレベーターが停止した。

さっきとはちがうブロックにきたようだ。

「もう本当にここ、なんなんだろ……」

降りるのもこわいのか、四人はそのまま立ちつくした。

「レン、お尻が……」

「え？　お尻？」

春馬に指をさされて、レンは自分のズボンのお尻に手をやった。

「わあ！　お尻が光ってるよ」

確かにポケットのあたりがうっすらと発光していた。

そこに入っているのは、一枚の名前入りのＩＤカード。

「これ、父さんの部屋にあったんだ」

まるで隠すように本のなかにしこまれていた。

なんとなく気になって持ってきていたのだ。

さっき秘密のエレベーターに乗れたのも、このカードのおかげなのかもしれない。

カードを引っ張りだすと、不思議なことに弱い光を発していた。

「なんだろう……まるで父さんがなにかを伝えようとしてるみたいだ」

しかしすぐにその光は消えてしまう。……が。

「レン……これ」

カードの光を受け継ぐように、床の一部分が光り始めた。

「ドラゴンのマークだ……」

龍のシルエットが刻みこまれた、低い円柱のようなものが浮きあがる。

その光をカギにしたようにもう一度、エレベーターが動きだす。

「さらに奥があるの？」

「……暗いな」

春馬がポケットから、ゲームのテストプレイ用のスマホをとりだす。

ディスプレイの明かりで、進む方向を照らした。

地下坑道を進むエレベーターは、ゆっくりとスピードを落とす。

そして、大きなドームのようなものの前で、止まった。

祭壇のように盛りあがった部分に、なにか赤いものが見える。

「あれ、いったいなに……？」

葵が背伸びをして、遠くにあるそれを見つめた。

「グルル……」

「きゃあああああ！」

なにか特別な存在感があるそれは、うめくように鳴いた。

「もしかして生き物なの？」

「あの大きさと形……あれってさ」

皆実と春馬は顔を見あわせる。

「怪獣！」

ふたりの声がそろった。

そう。大きな緋色のそれは……

丸くなって眠る、怪獣か恐竜のように見えた。

「嘘……これもゲームでしょ？　あたらしいリアルタイプのキャラだよね」

葵が信じたくないというようにつぶやく。

「……」

レンは無言のまま一歩踏みだす。

エレベーターを降り、祭壇のようにも見える部分に歩みよる。

「レン〜、食べられちゃうよ！」

皆実がそう言って止めるが、レンは不思議と、こわくはなかった。

しっかりと目を閉じて、低い寝息を響かせる龍。

頭にふっと、父の言葉がよみがえる。

『龍は決して、恐ろしい生き物じゃないんだよ』

父の優しい目。古文書に描かれた、人とともにある龍。

「赤いドラゴン……オルタナティブ・ドラゴン……」

なつかしい友だちに呼びかけるように、胸に浮かんだ名前で呼んでみる。

よく見ると、前足に当たる部分に金属のリングがはめられていた。

大きな身体にはなにかチューブのようなものがつながれている。

「もしかして……囚われてるのか？」

ごつごつした鼻先に、そっと触れた。

「グル……」

龍がゆっくりとまぶたをあける。

静かな目が、じっとレンを見ていた。

「れ、レン……」

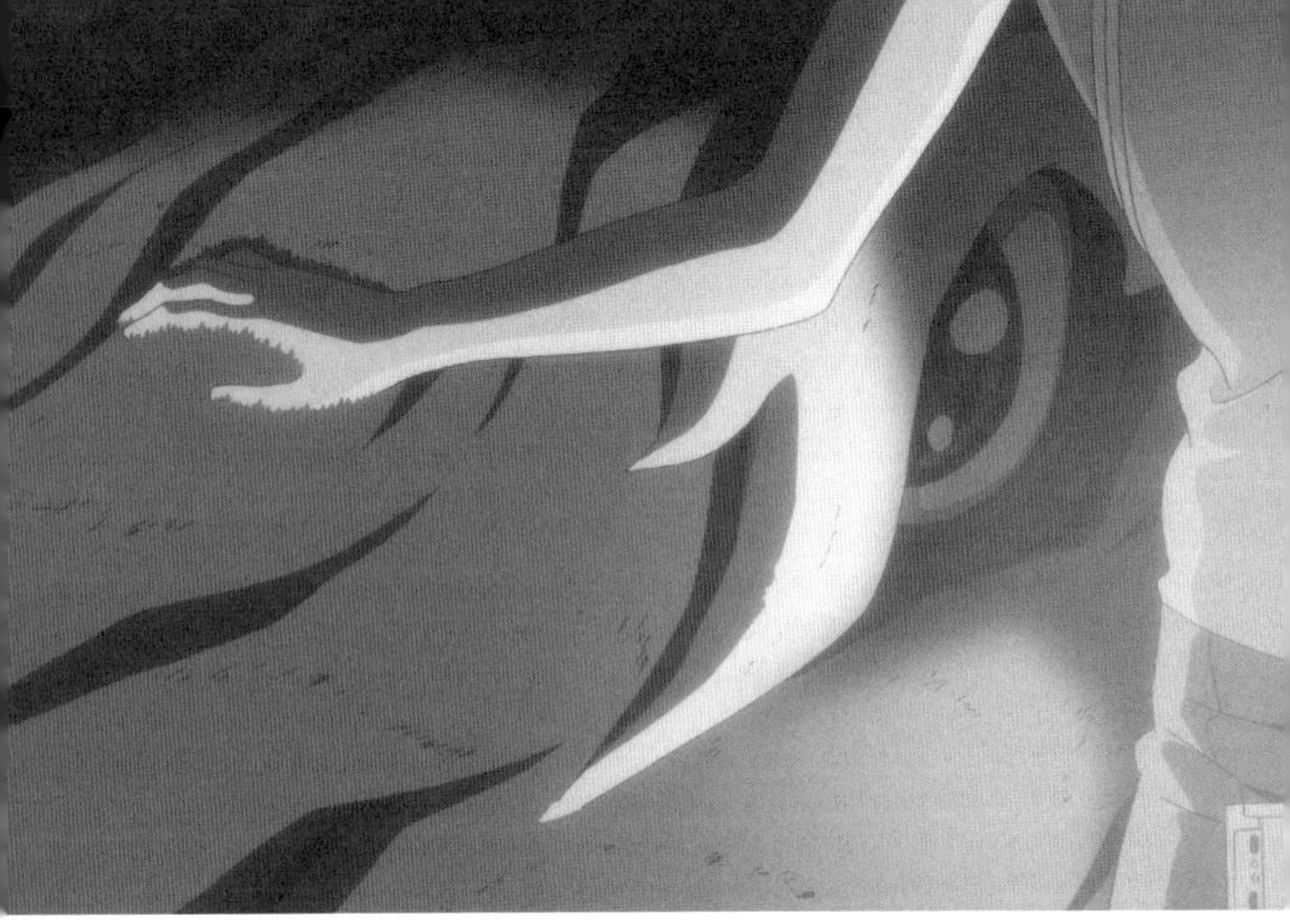

「……大丈夫だ。こいつは悪い龍じゃない。父さんが言ってたのと同じだ」

レンがそう言って、葵たちを振りかえる。

「でも、本物の龍が眠ってるなんて、いったい……」

ちょうど、同じ時刻。

研究所内をレンの祖父である研究者、エイイチが険しい顔で歩いていた。

「いったいなにが起こっている？　ゲートの様子がおかしい……」

あせった様子で通路をまがり、そして、ハッと立ち止まる。

銃を持った迷彩服の兵士が待ち構えていた。

「動かないでください。あなたには我々と来ていただく」

銃口はまっすぐに、エイイチにむけられていた。

「貴様ら、いったい、なにをたくらんでいる？」

神ノ原の地下研究所で、不穏ななにかが動きだしていた……。

未来からの旅人

そこは、制御室のような部屋だった。

長い腕の男が、人間離れした速度でキーボードを叩いている。

ニタリと笑みをうかべるその人物は、Dr.セラーズだった。

「まずは、ひとつだ」

部屋を埋めつくすモニターが、その言葉に反応したように光りだす。

一気に数値があがるゲージ、響き渡る地鳴り……

なにかのエネルギーが収束するように、メインモニターに光が集まる。

「いいぞ……」

建物の外では、呼応するように研究所の空をオーロラが走っていた。

「グォオ！」

地下で眠るドラゴンが、激しくうめき声をあげた。

「ひゃあああ！」

身体を持ちあげたドラゴンの大きさに、葵たちは目を丸くする。

ドラゴンにつながれたチューブがごぼこぼと波打った。

「なにか、注がれてる……」

「あっ」

ごぼっ！

チューブを打ちこまれた根もとの部分から、液体があふれる。

「うわっち！」

足もとに飛んだ液体は、まるでマグマのように床を焼いてしまう。

「き、強酸？」

はげしくあがる煙と床の穴。それを見た春馬が立ちすくむ。

「あぶない、春馬！」

ドラゴンの血液らしいその液体が、春馬の頭上にせまっていた。

「春馬ぁ！」

春馬の身体が溶ける！

誰もがそう思ったときだった。

「グォオ！」

ドラゴンがもう一度、咆哮する。

「あ……」

薄目をあけたレンの視界に広がるのは、ただ一面の赤。

ドラゴンが両翼をひろげて、レンたちの身体をつつみこんでいた。

「こいつ……」

「私たちを守ってくれたの？」

ふりそそぐマグマを受け止めたドラゴンの身体から、濃い煙があがる。

ズズ……とまた、ドラゴンは床に身体を寝かせてしまった。

「グルル……」

喉の奥のうめき声、牙のすきまからは血が流れている。

いくつもチューブを打ちこまれて、皮膚のあちこちが穴だらけだった。

「なんだか、苦しんでる……」

どうしていいのか分からないというように、葵がつぶやいた。

と、皆実が天井を指さす。

「ねえ、あそこに、春馬のお父さんがいるよ」

見あげれば、高い部分に強化ガラスと思われる窓があった。

とらえたドラゴンをモニターする制御室だろうか。

「！」

そこから見える中の様子に、四人は息をのむ。

だれかが思いきり、春馬の父である玄馬を殴り倒していた。

「クッ……」

玄馬を殴り飛ばした男は、制服にネクタイを締めた加藤だった。

彼が手にしているのは拳銃。

「黙ってそこで見ていろ」

モニターの中では、なにかのエネルギーの高まりを示すようにゲージがぐんぐんのびていた。

異常事態を知らせるアラームが鳴りひびいている。

不気味にほほえんで操作盤をあやつるのは、やはりセラーズだった。

「どうだDr.セラーズ」

「これは素晴らしいエネルギーだ」

セラーズはいくつものモニターを指さす。

その中に映しだされているのは監視カメラの映像だった。

人の行きかう駅前のロータリーの地面から、白いマグマがじわりと染みだす。

じわじわと広がるマグマが地面を溶かし、道をふさぎ、街路樹をなぎ倒していた。

街の人々はおどろき、パニックを起こしかけている。

「目標Aでの攻撃、効果を確認しました」

周囲を固めた兵士のひとりが淡々と告げた。

「なんてことを……」

加藤に殴り倒された玄馬が、煙のあがった街を見てくちびるを噛む。

「おまえ、自分のやっていることがわかってるのか！」

「この『ゲート』から流れるエネルギーをためれば、こいつは最強の武器になる」

「そんなことを……」

玄馬を助け起こした百合が、顔を青くして言う。

「この圧倒的な力は世界から紛争を消し去るだろう」

「きさま……」

玄馬とエイイチは歯を食いしばるが、周囲にいるのは訓練を受けた兵士だ。

「止められ、ないのか……」

圧倒的な力が、凶悪な企みを持つ人間たちの手に渡ろうとしている。

研究者たちが立ちつくしていると、けたたましくサイレンが鳴った。

「正体不明の侵入者を探知。繰りかえす、正体不明の侵入者を探知！」

坑道の見取り図が表示され、そこを赤い一点が動いていた。

「きたか……『ヤツ』だな」

セラーズが小さくつぶやく。

強化ガラスのむこう、蒸気が満ちた高い天井。

その作業用の通路を、走る影がある。

俊敏な動きの、漆黒の騎士だった。

「撃て！　あいつを撃て！」

「モンスト部隊はまだか」

坑道内を警備する兵士が、動きまわる影に銃を乱射する。

しかしその攻撃はひとつとしてて、当たらない。

その騎士の名は『神威』。

黒い刀を手に、パイプの走る天井付近を自在に動く。

彼は軽々と身体を浮かせ……

制御室の一部に強烈な蹴りを見舞った。

パイプが砕け散り、いくつかの水蒸気爆発が起こる。

神威の渾身の一撃で、制御室の壁がくずれ落ちた。

突如としてあらわれた黒い刀の騎士には、誰もが手も足も出ない。

「ちっ……一度引くぞ」

加藤は舌打ちをして、部下と制御室を連れて出ていく。

「ごほっ……あれは……あのモンスターはいったい……」

残されたエイイチがつぶやく。

たちこめる真っ白な水蒸気が、晴れてきた。

「あなた、ドラゴンの近くに春馬たちが！」

「なんだって！　どうしてこんな所に」

窓から一階の様子を見て、百合が悲鳴をあげる。

ドラゴンの陰に隠れて小さな子供たちが、おずおずと制御室を見あげていた。

「…………」

神威をあやつっていた人物は、じっと、あどけないレンたちを見おろしている。

「ドアをロックしてください。奴らがもどってこないように」

そして大人びた声で冷静に指示をする。

十四歳の、明だった。

玄馬とエイイチは突然あらわれた少年、明から話を聞いていた。

ドームの一階部分では、百合がレンたち四人に駆けよっている。

「つまり、ゲノムという奴が、ここで闘神と呼ばれるモンスターをよみがえらせるつもりだと」

「ええ。外の奴らもそれと関係している者のはずです」

明は少しうつむいて、つづけた。

「そしておそらく、その闘神は……さっきの僕のモンスター、神威では倒せません」

「そうか、闘神……今度はそんなものまで、出てくるというわけか」

「今度？」

明が聞きかえすと、エイイチはドラゴンの眠る祭壇を見つめ、言う。

「あのドラゴンもまた、このゲートから出てきたんだ」

明は無言で、ふたりの研究者をじっと見つめた。

「そうだな……君には助けられた。話しておくか」

玄馬はふうと息をつき、話し始めた。

「数年前、ここで謎のエネルギー反応が観測されたんだ。俺たちはそのエネルギーを分析するため地中深く掘削工事を行った。それはもちろん、第一級の国家機密プロジェクトだった」

エイイチが言葉を引き継ぐ。

「地中深く慎重に掘り進めた結果、出てきたのがこのゲートだった」

「そこから出てきたのが、もしかして……」

百合に連れられて、いつの間にかそばにきていた春馬がつぶやく。

玄馬はその頭をそっと撫でて、答えた。

「そう。この龍、オルタナティブ・ドラゴンだ」

「レン。おまえの父が、追い求めていたものだ。黙っていてすまなかったな」

「父さんが……」

「俺たちも最初はおどろいたよ。まさか本当にドラゴンにお目にかかるとはな。しかもこのドラゴンはなぜか……ここから動かないんだ」

「このゲートに干渉するには、ドラゴンの力が邪魔なの。でもこの大きな龍を、モンスターとして認識させて移動させるだけの技術が私たちにはなくて」

百合がふうと息をついた。

「これに格納してください。おそらく容量も大丈夫なはず」

「これは……？」

明がとりだしたのは、自分のスマホだった。

「モンスターストライク……しかも、開発バージョンではない？　明君、君はいったい？」

明は無言で肩をすくめた。

春馬がたずねる。

「でも、誰がゲートの中にドラゴンをもどすの？」

「このゲートは早い話が一方通行だ。むこうの世界にもどすことはむずかしい」

「あなたたちがやっていたゲームは、ドラゴンにたまっていくエネルギーを消費するために開発したものだったの。ごめんなさい」

「うーん？」

むずかしくてわからない皆実が、首をかしげた。

「このスマホにオルタナティブ・ドラゴンを格納したとして……あとはどうすれば？」

「レンの父の残した資料によれば、世界で唯一確認されてる双方向のゲートがある。彼がいなくなった場所だ。このドラゴンのエネルギーがあれば機能するかもしれない……」

レンはじっと、その話を聞いていた。

とてもなつかしく感じた、あのドラゴン。

父が見つけた双方向のゲート。

きっとなにかが関係している。それを知りたい、と思った。

玄馬はオルタナティブ・ドラゴンを、明のスマホに格納する作業をしている。

あれは、ただのモンスターじゃない、きっとなにか特別な存在なのだ。

それに、強大な闘神という存在もあるらしい。

「よし、ドラゴンを認識できた」

コードで制御盤につながれた明のスマホに、データが送られる。

「いくぞ」

玄馬が緊張の面持ちでモニター上の「イエス」をクリックした。

データの移行を示すバーがゆっくりと色を変えていく。

「格納……できたのか」

ドラゴンの姿は消えていた。

「オレ、その双方向のゲートに行く！」

レンは駆けより、プラグに固定されたスマホを抜きとる。

「このドラゴンを運ぶんだ。オレは子供だからこっそり逃げられる」

レンは壁のダクトを指さす。

身体の大きな大人には通れない、細いものだった。

「レン君、なにを言うの。そんな危険なことはさせられないわ」

「無茶だ、レン」

百合と春馬が止めるが、レンはきっぱりと言い切った。

「でも誰かが行かなきゃいけないんだろ、オレは行く」

このゲートを閉じて、悪い奴がこっちにこられないようにしたい。

それに苦しそうだったあのドラゴンを、もしかしたら助けられるかもしれない。

レンは壁のダクトに、ぴょんと身体をつっこんだ。

明はやれやれとばかりに小さく息をついて、その後を追う。

「私も行く」

「あっ！　あたしも行くよ！　置いていかれるのやだ！」

葵が凛と告げ、よくわかっていない皆実もそれにつづいた。

「僕は……」

じっと迷っていた春馬も三人の背中についていく。

「春馬！　あなた、止めてください、子供たちが……」

百合が必死で訴えるが、玄馬は止めなかった。

「ここにいるよりはいい。春馬。駐車場に行くんだ。自動運転システムを積んだ車がある。目的地はこちらで設定しておく」

「母さん、心配しないで」

春馬が振りかえり、百合にそう言い残してから、ダクトに身体を滑らせた。

子供たちが去っていった制御室では、さっそくゲートを閉める作業が行われていた。

「あのドラゴンがいなくなった今なら……こちらのゲートは閉じられるはず」

しかし、エイイチの顔色がサッと変わる。

モニターに図表化されたゲートは、ぱっくりと穴をあけたままだった。

「なぜだ、なぜ閉じない？」

そのとき、入り口の方から激しい爆発音がした。

「ほう。ドラゴンをどこかに格納したのか」

「！」

扉を強引に破った加藤とセラーズが、煙をまとって歩いてくる。

「例の少年はどこだ」

「知らん……」

「……なるほど。ドラゴンはあの少年のスマホに格納したか。考えたな」

「！　……くっ」

セラーズに手の内を見破られ、エイイチがうめく。

「第一および第二小隊を展開！　メガネをかけた少年の捜索に当たれ！」

加藤の指示が飛んだ。

　そのころレンたちは、兵士たちのウロウロしている研究所を脱出するべく、身を隠して移動していた。

「いたか？」

「見つかりません！」

　バタバタと、兵士たちが走りまわる気配がする。

　レンは機械室の地下から、床の一部を持ちあげてそっと周囲をうかがった。

「大丈夫、ここのフタ、動かせそうだ……よし、突っ走るぞ」

「ちょっと待て！　慎重に行こう」

　さっさと身を乗りだそうとするレンを春馬が止めた。

「ここにいたってしょうがない、一か八か行こうぜ」

「でも……」

葵と皆実は顔を見あわせる。

「じゃあ、オレひとりで行く」

ぐっと床板を持ちあげようとしたレンのシャツの裾を、春馬が掴んだ。

真剣な表情で告げる。

「いい加減にしろよ、レン」

「……なんだよ、さっきから。臆病者はついてくるな」

ふたりのあいだの空気は一気に険悪になる。

「ちょっとふたりとも、やめなよ」

葵が止めに入ったとき、背後から冷えた声がした。

「こんなところでケンカか？」

「あ……」

そこに立っていたのは明だった。

「聞け。奴らの狙いはおまえが持ってるそのスマホだ。あいつらはまだ、オルタナティブ・ドラゴンの入ったスマホの所持者はオレだと思っている。今のうちに行くんだ」

明の言葉には不思議な力があるようだった。レンも春馬もじっと聞いている。

「いいか、おまえたちが世界を救う。これは力を合わせなきゃ絶対にできないことだ」

「………………」

「おまえたちは、仲間なんだ。それを忘れると後悔する」

レンの中の荒れた気持ちやあせりが、少しずつ引いていく。

ポケットから、自分が使っていた試作モンスト用のスマホをとりだし、明に渡した。

「これ、代わりに使って。パスワードは」

「0515、だろ」

なぜか自信たっぷりに、明は答える。

「！」

「誕生日を暗証番号にするのはやめておけ」

「なんでオレの誕生日を……」

レンが不思議に思ったとき。

「いたぞ、あの少年だ！　逃がすな！」

遠くから追っ手のそんな声がした。

「……きたか。さあ、早く行くんだ」

明は、レンたちがむかうのとは逆の方向へ走りだした。

薄暗い通路を全力で駆け、行き止まりに突き当たった。

明は立ち止まり、切れた息を整えながら、ゆっくりと両腕をあげる。

「よし、そのまま動くな！」

追いついた兵士たちが、明を捕まえる態勢に入る。

「必ず、やり遂げろよ」

つぶやきは、駆けよる足音にかき消された。

雨宿りと大冒険

捕まった明は、研究者たちのにらみあう制御室に連行された。

「隊長、少年の身柄を確保しました」

「例のものは？」

「それが……念入りにボディチェックしましたが、所持品はこれだけです」

加藤は兵士の手から明の所持品を受けとり、顔をしかめた。

「試作版のスマホ……どういうことだ、これじゃない」

加藤らの求める、ドラゴンの入ったスマホはすでにレンの手にある。

「ん……？　車両です！　出口方向にむかうバンを確認！」

兵士の報告に、加藤はハッと顔をあげた。

春馬　十歳

「ははは、俺の造ったバンだ！　追いつけないぞ！」

玄馬が高らかに笑った。

「第三小隊から追跡隊を組織しろ。車にガキがいる。スマホを奪え」

あわてて命令する加藤に、明がふっと皮肉に笑う。

「まさか逃げられるとは……どうする、Dr.セラーズ」

「計画に変更はない」

セラーズはゲートに対してなにかのコードを打ちこんだ。

てっきりすでにゲートが閉じたものと思っていた明の顔が陰った。

「！　ゲートを閉じてないんですか」

「フフフ、このゲートをなんだと思っている」

セラーズは不気味な笑みを浮かべて操作盤を叩く。

「オルタナティブ・ドラゴンは、ここから出ようと思えばいつでも出られた」

「！　まさか……この男が」

なにかに気づいた明が、はっとした顔でセラーズを見る。

「奴がここにとどまっていた本当の理由を、見せてやる」

パシリとひとつ、大きくキーが打たれるとゲートがひらき、深紅の光がほとばしった。

そのころレンたちの乗った車は、一気に地下トンネルを駆けぬけ、地上に出てきた。

「すげっ！　ホントにオート運転だ！」

「これ、乗ってれば着いちゃうの？　すごい」

「いやはや、長生きはするもんだね～」

追っ手から逃げきった安心と、最新システムの車に乗っている興奮が、同時にやってきた。ハンドル操作のいらない車なんて、ちょっとこわいけどワクワクする。

「目的地はどこなの？」

「島根になってるよ」

「あたし知ってるよ！　島根県民がたくさん住んでる島根だね」

皆実はなぜか胸を張って当たり前のことを言った。

「春馬、オレにもナビやらせてよ」

「いや、僕がやる。前に父さんがやってるの見たことあるし」

「…………」

レンと春馬の間には、まだギクシャクが残っていた。

「ねえ、あれなに？」

葵が、ガラス越しの空を指さす。

天を突くような深紅の光が立ち上ったかと思えば、空にオーロラのような光がじわじわと広がっていく。

「研究所の方だ」

「大丈夫なのかな……」

地下に残してきた玄馬ら研究者、それに明が心配で、ふっと全員の表情が曇る。

「……行こう。もう引きかえせない」

レンはぐっとこぶしをにぎる。

「そうだよね。……音楽でも聴こうよ」

葵もふっきったようにうなずき、オーディオのスイッチを入れる。

『続報が入りました。今日午後、神ノ原市街で起きた一連の爆発火災での被害は、いまだに全容が明らかになっておらず……』

そんなニュースに、つい聞き入っていたときだった。

『そこの車、道路の端によって停車しなさい』

外からけたたましくそんな声がした。慌ててバックミラーを見る。

「ゲッ！　白バイだ！」

「この車、まだ実用化されてないんだ。本当は道を走っちゃだめなんだと思う」

「ええっ！　じゃ捕まったらどうなるのぉ？」

「多分、警察で事情を聴かれる」

「研究所であったこと、信じてもらうのって……無理だよね」

「逃げようよ！　スピードあげてー！」

『停車しなさい、前方のバン、停車しなさい』

四人がわただしく相談する間にも、白バイは距離をつめてくる。

「……どうしよう。これだけは……守らなくちゃ」

レンはドラゴンの格納されたスマホを、ぐっと胸の前でにぎりしめた。


数分後。

「あーあ、逃げ切れなかったな」

レンたち四人は歩道橋の上で、ため息をついていた。

路上で、乗り捨てられたバンをまえに、白バイ警官が首をひねっているのが見える。

「あれに乗っていければ楽だったのにな……」

「クヨクヨしたってしょうがないさ。行こうぜ」

見通しのいい道では、白バイをまくことはできない。

角を曲がるタイミングでどうにか、車を捨てて逃げたのだ。

「そういえばさ、目的地って誰かメモってる？」

「あっ、しまった……」

愛用のぬいぐるみリュックを、ぎゅっと抱きしめた皆実以外は、見事な手ぶらだった。

「スマホで春馬のパパか、レンのおじいちゃんに聞けば？」

「……それはやめた方がいいかもしれない、こっちの居場所が割れるかも」

葵の提案に、春馬はくやしそうに首を振った。

「あーあ、任せといたらこれだもんな」

レンが春馬に当てつけるように肩を落とした。

「どういう意味だよ」

「おまえが覚えておくべきだろ、ナビをいじってたんだから」

ポケットに入っていた小さなボールをつまらなそうに投げあげてレンは言う。

またふたりが険悪になりかけたとき、レンのスマホがピコンと鳴った。

「ん？　メール？　……知らないアドレスだ」

クリックすると、一枚の地図と住所がひらかれた。

「島根？　……これって、目的地だ。誰がこんなことを？　じいちゃんかな？」

「やったー！　場所が分かったね！　……で、島根ってどうやって行くの？」

「…………」

皆実の当たり前の問いに、それを知らない三人は沈黙した。

それからレンたちは、街から街へと移動を始めた。

「よし、誰もオレたちのこと見てない」

「買い物はさっと終わらせようね」

スーパーの駐車場で、レンと葵は車の陰に隠れてそんな会話をする。

周囲の大人に怪しまれないように、何事もこっそりと済ませる……はずだったのに。

「これ、おいしそうだねぇ～」

「こっちのも食べようぜ」

「あっ、こらレンと皆実。お菓子ばっかりカゴに入れるなよ」

「えー、いいじゃんか別に」

「だーめ。お金ちょっとしかないんだからね」

なんだかついつい賑やかになってしまう。

いつ追っ手がくるか気が気ではないけど、おにぎりやパンを子供だけで公園で食べるのは、ちょっと楽しかった。

「むぎゅうう｜、つぶれる｜！　肉まんになるぅ｜！」

「せ、せまい！」

生まれてはじめて満員電車に乗って、ドアと人に挟まれてもみくちゃにもなったり。

何時間もかけて、県境をいくつか越えた。

「なんだかちょっと、疲れたな」

レンがそう呟きながら、どこかの終着駅でホームに降り立ったとき。

ざあっと激しく、雨が降りだした。

「冷たい……」

春馬が小さくくしゃみをした。

「お腹もすいたぁ〜」

低いビルや家々の並ぶ街を、雨はじっとり濡らしていく。

知らない土地で冷たい雨にうたれて、ちょっと心がくじけそうになる。

しばらくは、食事もとっていなかった。

周囲が見る間に、暗くなっていく。

レンたちが大冒険をしている、そのころ。

研究所ではまだ、加藤とセラーズがなにかの企みをもって、ゲートの制御に当たっていた。

エイイチら研究者たちも、銃を突きつけられて無理矢理立ち会わされている。

オルタナティブ・ドラゴンは、現在レンが持っているスマホに格納されている。

重石になっていたドラゴンがいなくなったゲート。

その様子が、明らかにおかしい。

ゲートからあらたに生まれでていたのは、不気味な化け物だった。

人間の脳みそと原始的なアメーバ生物をかけあわせたような姿。

ぎょろりと不気味な目がひとつだけ光り、その表面には無数の血管が浮いている。

「このできの悪いゲートのせいで成長するのに時間はかかるが、あと半日もあれば」

その化け物をゲートの力で育てているのはセラーズだった。

「どういうことだ、話がちがうぞ」

加藤があせった様子でセラーズにつめよる。

「私の目的は最初からこいつだったのだ」

「なに……？」

どうやら加藤とセラーズの目的は、完全に同じではないらしい。

セラーズが笑う。

「オルタナティブ・ドラゴンはな、こいつがゲートから出てくるのを防いでいたんだ。弱らせて消滅させる予定だったが、おまえらが持ちだしてくれたおかげで手間がはぶけた。もちろん、あのドラゴンも計画には邪魔なのでひねりつぶさせてもらうが」

「……まずいわ……春馬たちが」

子供たちを案じて、百合がつぶやく。

「おまえはいったい、なにをたくらんでる」

百合を支えるように立っていた玄馬も怒鳴った。

「おまえらは、良質な資源だ。我々がこの世界を支配するためのな」

セラーズの言葉に応えるように、繭のような膜につつまれていた化け物の一部がごぼりとふくれあがった。

雨はどんどんと、強くなっていた。

「ねえ、ここどこ？」

「沼野市……だって」

レンたちはふと目についた工事現場のプレハブ小屋の前で、しばらく雨宿りをしている。

「ええ？　まだ全然近づいてないじゃん、こんなの着くわけないよ」

「お家に帰りたい……」

ずっと元気だった葵がこぼすと、皆実もつられたようにずるずるしゃがみこむ。

ザーザーと雨音が響き、重たい空気が立ちこめた。

「おい。そこでなにしちょる？」

四人が言葉もなくぐったりしていると、声をかけられた。

頭にタオルを巻いた、工事の関係者と思われるおじさんがそこに立っていた。

「小さい子供が四人で……家出か？　うちの電話番号を言え」

「ちがいます、家出じゃありません」

「嘘こくな。家に帰らんと警察を呼ぶぞ」

じろりとにらまれてしまった。

「オレたちにはやらなきゃいけないことがあるんです……だから……」

「…………」

なじみのない方言をしゃべる知らない大人は少しこわかった。

でも、警察につれていかれるわけにはいかなかった。

必死で訴えるレンを、おじさんは無言でじっと見つめる。

おじさんの部屋は、畳敷きで、物がほとんどなかった。
ぐつぐつ……と音を立てて、鍋が煮えている。

「「「………」」」

おいしそうな豚肉、白菜、エノキダケ。
もう限界だ、食べたい……と四人の食欲がピークに達したとき。

「食え」

ぶっきらぼうにひとこと、おじさんが言った。

「「「いただきまーす」」」

レンたちはその言葉を合図に、なにも考えず我先にと、箸を手にして肉をとる。

「ああーん、おいしいよー」

屋根のある場所で食べるおいしいご飯に、幸せがこみあげてくる。

「あの……オレたちのこと、警察に言わないんですか」

なぜか部屋にあげて食事をふるまってくれるおじさんに、レンはおずおずとたずねた。

「……朝になったら、早いとこ出てけやー」

おじさんは答えずにそれだけ言うと、肩をすくめてビールを飲み干す。


「すー、すー……むにゃあ」

夕飯のあと、すぐに眠くなった皆実は、スヤスヤと気持ちよさそうに寝入っている。

おじさんはどうやら、ここに一晩泊めてくれるらしい。

不愛想なおじさんの不思議な優しさに、甘えることにした。

「これからどうする？」

「行ける所まで行くしかないだろ」

「でもどうやって？」

レン、葵、春馬は部屋のすみで、毛布をかぶって相談中だ。

「おまえら、どこまで行くつもりだや」

新聞を読みながらテレビを見ていたおじさんが、背中をむけたまたずねた。

「島根です」

その答えに、おじさんが肩をぴくっとさせて振りむく。

「そうか。俺も島根からこっちに働きにきてんだ」

「島根って、どんなところですか」

「はは、そりゃいろいろさ。ビルもありゃあ田んぼもある。俺の住んでた家は、沈んじまったんだけどな。もう水の中だよ」

おじさんはどことなく遠い目になって独り言のように言った。

レンたちはそれ以上は聞けなくて、なんとなく黙ってしまう。


真夜中、プレハブ小屋の中にはおじさんのいびきが響いていた。

「すー、すー……うひゃあ」

ついでに皆実もよく寝ていた。

「こわい大人ばっかりだと思ってたけど優しい大人もいるんだね」

葵のつぶやきがぽつんと響く。

「……そうだな」

レンは寝返りをうって、明からあずかったスマホを胸にぎゅっと抱える。

そんなレンを、春馬と葵が心配そうに見つめていた。

朝、みんなよりも早く起きたレンは外に出て、窓辺に立って昇る朝日をながめていた。

父親が出てくる夢を見たような気がするが、よく思いだせない。

「……なんだ、早いな」

「おはようございます」

外の水場で顔を洗っていたらしいおじさんが、隣に立つ。

「そういえばおまえら、いくつだ、小学校三年くらいか」

「いえ、四年です」

おじさんはタオルでごしごしと顔をこすりながら言う。

「うちにもガキがいてな。しばらく会ってねえ」

ゆっくりと昇る朝日を、ふたりはそのまま少しの間、無言でながめた。

「旅の安全にもってけ」

おじさんは首もとにぶらさげていたものをレンに渡す。

古びたお守りだった。

「あの、おじさんの名前は？」

お守りを受けとったレンに、おじさんはにっと笑って、そして言う。

「名乗るほどのもんでねえわ」

おじさんにお礼を言ってプレハブ小屋を後にした四人は、目的地につづく山道を、ひたすら歩いていた。
「ホントにこっちで合ってるの？　足がスティックになっちゃうよ～」
歩いても歩いても、周囲の景色は変わらない。ただただ、道と林だけだ。

「ほら皆実、がんばれ。さっき休んだばっかりだろ」

春馬はそう言って励ますけれど、皆実が道路の真ん中でへたりこんでしまう。

「もう無理だよー、半日以上歩いてるし……あっ、ねえ、なにこれ！」

皆実は、草むらの中になにかを見つけた。

駆けよってみると、作業用の古びたトロッコだ。

「乗ってみようぜ！」

すっかり足のつかれていたレンは、いきおいよく飛び乗った。


「いやー楽ちんラクチン」

「快適だねぇ～」

錆びついたトロッコは、ハンドルを倒すとちゃんと動いた。

最初はギシギシとゆっくり……徐々にスピードものってくる。

「しっかり前見とけよ、レン」

「わかってるって」

思わぬ移動手段が見つかって、レンはご機嫌だった。

「ブレーキのかけ方、わかってるのか？」

「だから、わかってるって。うるさいな」

慎重派の春馬とのあいだで、また言いあいになってしまう。

そのとき、頭上からパラパラと音がした。

「レン、止めてくれ、ヘリだ。隠れて様子を見よう」

春馬がハッと顔をあげた。

「ただのヘリコプターだろ、そんなこと気にしてたらいつまでたっても……」

「いいから止めろって」

春馬の強い言葉も、レンは聞かない。

「やだね、春馬はなんでも気にしすぎ……あれっ」

そこでやっとレンも気づいた。

ヘリコプターの音が、どんどんとせまってくる。

「…………」

木立の隙間に見え隠れしているヘリが、ぐるりと大きくターンした。

「こっちにくる！」

ヘリから一本の降下ロープがおろされる。

そこからするすると降りてくる、迷彩服の兵士たち。

彼らは地上に降り立つことはせず、ロープの中ほどで動きを止める。

そして、レンたちがよく見慣れた、ある動作に入った。

「あれ……モンストのかまえだ！」

「！」

兵士が放ったのはヘビのようなモンスター、『リヴァイアサン』だった。

トロッコのレールに沿って一直線に襲ってくる。

「きゃー！」

間一髪ですれちがったが木をなぎ倒すように、またむかってくる！

そこへあざやかな五色の光が一閃した。

三つ叉の槍をかまえ、額から角を生やした炎の神。

「いけ！　『カグツチ』！」

カグツチはリヴァイアサンの鼻先を槍で薙ぐ。

風圧で森がざわっと鳴いた。

「すごい春馬！　ちゃんとあやつってる！」

春馬たちのスマホには、開発中のモンスターが入っている。

葵のものには戦装束の聖者、『天草』。そして皆実は、六枚の羽根を持つ大天使、『ガブリエル』。

「それじゃ私も天草！」

「ガブリエルちゃーん！」

天草が錫杖から太いレーザーを放つ。

ガブリエルがラッパで援軍をよんだ。

レーザーは木々のあいだを跳ねかえりながら、ヘビの長い身体を何か所も撃つ。

しかし何度退けても、リヴァイアサンはしつこく追いかけてくる。

「ダメだ。葵、はさみうちにしよう。天草をトロッコのそばに」

「うん！」

葵は前に、春馬はその少し先に。それぞれのモンスターを放つ。

天草はその俊足で、トロッコに並走するように追いかけるリヴァイアサンを一気に追いこした。同時にカグツチが、うしろからも追い立てる。

天草、リヴァイアサン、カグツチが、ぴったりと縦にならぶ。

「よし……これなら特別な力が出せるはずだ……貫け！」

シャア！

リヴァイアサンがいまいましそうに吠えた。

「みんな、掴まれ！」

がちぃん！

巨大な力がぶつかりあう音がして、衝撃波でトロッコのスピードが一気にあがる。

背後でリヴァイアサンが四散し、急カーブのむこう側に消えていった。

「やったあ……」

はさみうち作戦は成功した。

だけど、喜ぶのは早かった。

急カーブを曲がった先にあらわれたのは、夕日に染まった美しい海だった。

「うひゃあああああ！　落ちるぅぅぅ！」

猛スピードのトロッコは、レンたちを乗せたまま、まっすぐに崖下に落ちた。

「父さん……っ」

レンが恐怖に固く目を閉じたとき、にぎりしめたスマホがぽわりと熱を持った。


ざぶっ、と音がしたので、水に落ちたんだと思った。

でも不思議だ。身体が痛くない。

「うわ――――！　すごい」

「キレー」

皆実と葵のそんな声に、おそるおそる目をあける。

レンたちは、空を飛んでいた。

「レンのスマホから光が出て……海を跳ねかえすみたいに浮いたんだ」

あぜんとするレンに、春馬が説明する。

羽を広げた、オルタナティブ・ドラゴン。

その背にトロッコごと、チョコンと乗っている。

手で触れそうなくらい間近に、夕日で赤く染まった雲がある。

「おまえ、助けてくれたのか」

雲を突きぬけ、空よりさらに高い空を、ドラゴンは飛んでいく。

「そうか、あのとき目的地を教えてくれたの、おまえだったのか。メールなんて打てるのかよ？」

迷いなくまっすぐ飛ぶその姿に、ひとつ謎が解けた気がした。

「レン。おまえみんなに言うことがあるだろ」

そんなレンに、春馬が低く言った。

「なんのことだよ」

「あのときおまえがトロッコを止めてれば、こんな危険な目にはあわなかった」

「でもおかげで、こいつに一気に運んでもらえたじゃんかよ！」

レンはくるりと背をむけ、わざとらしく軽い調子で言った。

「いい加減にしろよ！　おまえ、自分勝手すぎるぞ！」

春馬の声はいつにもまして本気の怒りを含んでいた。

「誰もたのんでないだろ」

「なに？」

「勝手についてきといて、いちいちうるせえんだよ！　オレはおまえたちなんていなくても、ひとりでできるんだよ！」

いちいち注意をされるのが嫌で、つい苛立ちをぶつけてしまった。

「…………」

レンの言葉に、春馬たち三人がじっと黙りこんだ。

その間を強い風が、吹きぬけていく。

「レン……おまえは甘えてるよ」

春馬がポツンと言った。

「！　どういうことだよ」

甘えてる。そのひとことは許せなかった。

レンは甘えたつもりなんかなかった。

むしろ……なんだってひとりでできると、そう思っていたのに。

まさか春馬たちの目にはそんな風にうつっていたなんて。

ひどくプライドが傷ついたような気分だった。

「父親がいないのがそんなに偉いのかよ！」

春馬のそのひとことが、トドメだった。

触れられたくない部分に触れられて、レンの頭が真っ白になる。

「！」

なにも考えられず、春馬に殴りかかった。

「やめて！」

ドラゴンは、雲海をゆっくりと飛びつづけている。

風が少しずつつめたくなってきた。

その背中に乗ったままのトロッコ、そしてほおのちょっと腫れた、レンと春馬。

気まずい沈黙が四人の間に落ちている。

「どうしよ、おしっこしたい」

こんなときでも尿意に逆らえない皆実がつぶやいた。

と同時に、じゅっ、と水っぽい音がして、細い煙があがった。

「あれ？　あたしじゃないよ」

もちろん皆実のわけはなく、その煙はドラゴンの身体の一部が溶けだしたものだった。

「！　溶けてる！　またあの白い液が……」

ドラゴンは、いつのまにか呼吸も弱々しくなっていた。

こちらの世界では、ドラゴンは長く存在できないのかもしれない。

「葵、触っちゃダメだ」

春馬が止めたとき、ガクンとトロッコの床がかたむいた。

「うわああっ」

ドラゴンの身体は少しずつ力を失い、ゆっくりと雲間に落ちていく。

ドラゴンは、使われていないゴルフ場にどうにか不時着した。

弱った身体が熱を持っていたので、池の水をかけたりと、できることはしてみたけれど

……龍が元気をとりもどす様子はない。

「無理させちゃったんだね。ごめん、私たちのために……」

地面に丸くなるドラゴンを撫でて、葵がすまなそうに言う。

「とにかく今日はここに泊まろう」

地面には、春馬が起こしたたき火がある。

研究所の車にあったマッチを持ちだしたらしい。

その火をかこんで、ただじっと暗闇の中で身をよせあった。

聡太

ぱちぱちと火の音がするだけで、辺りは静かだった。

「まだちょっと寒いね」

「そうだね。あーあ、フカフカのお布団で寝たいな」

皆実が家を恋しがって切ない声を出したとき。

ふわっ……

オルタナティブ・ドラゴンの巨大な羽が、まるでドームのように四人をつつみこむ。

「冷たい空気から、守ってくれるの？」

「あったかい……」

大きな龍のやさしさに、心がほどけたような気がした。

「オラゴン」

突然思いついたように、皆実がポンと手を打つ。

「この子の名前。オルタナティブ・ドラゴンでしょ。略してオラゴンって呼ぼうよ」

「まんまじゃん……でも、似合ってるかも」

「ありがとう、オラゴン」

龍の喉のあたりから、ぐ……と返事のような音がする。

「もしかして喜んでるのかな？」

一体の巨大な龍とレンたちは、そんな風に夜を明かした。

明け方。

レンはゴルフ場の池のほとりで、丸くなったオラゴンにもたれるようにして座っている。

いつも持っているカラーボールをひとりでポン、ポンと投げあげていた。

オラゴンの胸のあたりはしずかに上下している。

「オラゴン、おまえ、オレの父さんに会ったのか？」

はじめて会ったときから、オラゴンには不思議ななつかしさを感じていた。

「焔燿一郎っていう古生物学者なんだ。父さんはさ、ドラゴンの存在を信じてた。嘘つきって言う人もいたけど……でもドラゴンに会うためにずっと研究をつづけてたんだ。だからオレ、おまえに会えたとき、うれしかった」

グル……、と小さく声をあげて、オラゴンが目をあけた。

「三年前から、父さんはドラゴンを探しに出かけて帰ってこない。オレは寂しくないよ。父さんはドラゴンの研究をしたかったんだから仕方ないだろ？」

レンはいつもの、ちょっと強がった口調で言う。

「でも妹は心配だな。まだチビで、全然わかってないし……父さんは死んだんだ、って言う人もいて……」

ただ思いつくままにそこまで話して、ふっと息をついた。

なんだか不思議だった。どうしてこの龍にそんなことまで話したくなったんだろう。

春馬に「甘えてる」と言われたとき、猛烈にくやしかった。

甘えてなんかない。寂しくなんかない。オレは強いんだから。

そう思っていた。

でも……もしかしたら……

「レンの父さんは、きっと生きてるよ」

明け方のもやのかかった空気の中から、そんな声がした。

「！　春馬」

気づけば池のほとりに、春馬たち三人が立っていた。

「ちがう、オレはそんなこと」

あわててとりつくろうレンに、葵が言った。

「レンがずっと頑張ってきたこと、わかってる」

「！　オレはべつに」

「わかってるよ、そんなこと……みんなわかってる」

つぶやきながら、なぜか葵の方が泣きそうになっている。

「な、なんだよ、どうしてみんながそんな顔するんだよ」

レンは戸惑って、目をそらした。

「また……レンはそうやって……すん」

皆実はすでに涙ぐんでいる。

レンにはわからなかった。どうしてみんな、そこまで必死になるんだろう。

「寂しいときは寂しいって、たまには言ってよ……言っていいんだよ！」

「あ……」

皆実が真剣なまなざしで告げる。

そこでふっと、身体から力がぬけそうになる。

寂しい。その気持ちを表に出そうなんて考えたことがなかった。

出したらいけないんだと思っていた。

「葵だって春馬だってあたしだって、いるんだからぁ……っ」

皆実に泣きながらそう言われて、とうとうレンの目からも、つっと一筋の涙が落ちる。

やっぱり自分は、すごく寂しかったのかもしれない。

「ごめん、オレ……」

本当は、無茶や勝手をしているってわかっていた。

科学館に入ればきっとなにかが起こることだってあのとき、わかっていた。

「みんなをこんな風に巻きこんで……ごめん」

それでも、父親に会うための手がかりが欲しかった。

寂しかったから。ずっと、寂しかったから。

「父さんに会いたいよ、帰ってきてよ、父さん」

明け方の森に、レンの泣き声が細く響く。

春馬がその肩に、そっと手をそえた。

そのころ、神ノ原の研究所では。

「さあ目覚めろ、偉大なる闘神『アカシャ』よ」

ゲートの化け物は、成長をつづけていた。

どくどくと不気味な鼓動が、少しずつ大きくなっていく。

鼓動ひとつごとに肉片が落ち、毒々しい色の煙があがった。

「な、なんて…おぞましい」

玄馬ら研究者、そして加藤までもが、呆然と立ちつくしている。

「オルタナティブ・ドラゴンは双方向のゲートにむかった。行け、全てを破壊しつくせ」

Dr.セラーズがなにかにとりつかれたような甲高い笑い声をあげる。

『アカシャ』と呼ばれた生きている肉塊は、にゅるにゅると不気味に伸び縮みしている。

突然その触手が、百合に襲いかかり巻きついた。

「百合！」

慌てて助けに入った玄馬にも、同じように触手がくいつく。

「人間の記憶もまた貴重な資源。もはやこいつは家族のことなど、二度と思いだすことはないだろう」

セラーズの言うとおり、まるで百合と玄馬の記憶を吸いとって成長したように、アカシャが一段とはっきりした形をとった。

さらなる獲物を求めるように、羽を広げてどこかへと飛び去っていく。

「おまえはいったい何者だ……なにが目的だ」

味方と思っていたセラーズのあまりの豹変ぶりに、けわしい顔で加藤がたずねる。

「知りたいか？」

セラーズが、ぐいっとくちびるをつりあげた。その顔に異変が起きる。

ポロリと仮面が落ちるように、すべての皮膚がはがれた。

そこから姿をあらわしたのは、ピエロにも似た不気味な顔。

「……やはりおまえは、……ゲノム！」

明が、やっと疑問が解けたというように小さくつぶやく。

時空を超えて暗躍していた、ゲノム。

この時代ではエネルギー省の科学者であるセラーズになりすましていたようだ。

「化け物め、撃て！」

加藤の命令で兵士たちが発砲した。

しかし曲芸師のようなゲノムには一発も当たらない。

戦いのスキをついて、エイイチが明に耳打ちする。

「明君！　我々の持っている最強のモンスターを、こっそりと入れておいた。レンたちをたのむ！　行ってくれ！」

手渡されたのは、この時代のスマホだった。

オラゴンを格納した明のスマホを持ちだすとき、レンが「これ、代わりに使って」と渡してきたものだ。

「そしてこれも！　はじまりの指輪のひとつ！　『光の指輪』だ、君に託す」

手渡される指輪。

それは、十四歳のレン、葵、皆実、春馬が持っているのと同じものだった。

「……必ず、あいつらを守ります」

明は銃弾の飛び交う研究室から、ぬけだした。

「これからはオレが指示を出す。おまえらはそれに従えばいい」

去り際、完全にこの場の支配者になったゲノムのそんな声が聞こえた。

神ノ原の空を、アカシャが飛び去っていく。

人の記憶を食らい、何もかもを破壊する『闘神』のうちの一体。

悠々とむかう方向は西。

レンたちが目指す、「双方向のゲート」の方角だった。

ゴルフ場を出たレンたちは、山を越えるためにまた歩きだした。

木漏れ日の中に「**はぁーはぁー**」と謎の声がする。

バテた皆実の声だった。

「この道本当に合ってるのかなぁ〜」

「多分合ってると思う……」

春馬らの持っている「この時代」の試作モンストが入ったスマホは、もう充電が切れてしまった。

ナビは使えないので記憶をたよりに、山をひたすら歩いていた。

「……しっ。なんか音がする」

「ええっ、またヘリ？」

「どうしよう、あたしたちモンスター出せないのに……」

葵と皆実がふるえあがる。

「……こっちだ！」

なにかを聞きつけたレンは、一気に走りだした。

「レン！」

慌てて三人は追いかける。

「あっ」

そこに広がっていたのは低い崖、それに……

「線路だ！」

やっと道しるべのようなものが見つかった。わっと歓声があがる。

「たぶん木次線だ」

「これ、どっちに歩いていくの」

「まだ午前中だから太陽は東にある。影が西にのびてるから……こっちかな」

「さっすが、春馬天才！」

「行こう」

四人は線路にそって歩きだした。

「研究所の人たち、大丈夫かなぁ」

「街に行ったらご飯食べて」

「スマホも充電しようね！」

皆実と葵は弾んだ声でそんな計画を立てている。

レンも小さく歌を口ずさみながら、足をぐんぐんと前に踏みだす。

なにかのCMで流れていた、ちょっと懐かしいような歌だ。

目的地がさだまった状態で前に進むのは、気持ちがよかった。

なんだか空気までおいしく感じる。

ふと、春馬の背中が目に入った。

照れ隠しに歌の音量を大きくしながら、レンは思い切って春馬と肩を組んだ。

「レン……」

春馬が嬉しそうに笑みをこぼし、一緒に歌い始める。

それから、葵と皆実も。

四人の声が、花咲く森にまじりあって響く。

「あっ、電車が来るよ〜！」

「おーい！」

すぐ真横を、がたんごとんと鮮やかな色の電車が通り抜けた。


「むひゃー」

「すー、すー」

「んー……」

「くぅ……」

そして数時間後には、自分たちもローカル線の電車内でぐっすりと眠りこんでいる、四人なのだった。


レンたちはようやく、次の街にたどり着いた。

コンビニで、外にある電源から充電をすることもできた。

「充電器、貸してもらえて良かったね～」

はむはむと肉まんをかじって皆実が言う。

「でも肝心の、レンのスマホが充電できないのは残念」

「これは特別なスマホだから……レン、あとどのくらい電池残ってるんだ？」

「もうほとんどない。……大事に使わないと」

レンはオラゴンの入ったスマホを大切にポケットにしまう。

そのとき、バタバタ……という音が空気をふるわせた。

ハッと見あげれば、空に大きななにかが浮かんでいる。

「ヘリだ！　いつの間にここまで近づいたんだろう」

「とにかく逃げなきゃ！」

葵が立ちあがり、荷物をまとめて逃げようとした。

大型のヘリはぐっと高度をさげ、道の真ん中にゆっくりと降下しようとする。

スマホを充電器から引っこぬこうとする間にも、兵士たちがロープで降りてくる。

そして銃口が、ずらりとならんだ。

「く……」

地面すれすれまで高度をさげたヘリからゆっくりと降りてくる人物。

特務自衛官の加藤だった。

「オルタナティブ・ドラゴンの入ったスマホを持っているのは誰だ。今すぐ出せ」

「…………」

もちろん言うわけにはいかなかった。

「脅しだと思うか？　おい、やれ」

加藤は冷酷な口調で命じる。

ガチャリと重い音がして、銃のスライドが動いた。

すでにぐるりと、まわりをとりかこまれている。

「…………！」

「まずおまえからだ。前に出ろ」

加藤は冷酷な声で、春馬を指名した。

「どうした早くしろ」

「……っ」

命令にしたがって春馬が数歩、進みでる。

そのこめかみにぐっと銃口が押しつけられた。

「！　春馬……くそっ」

相手の本気を感じたレンはふるえる手で、スマホをとりだす。

加藤がそれをもぎとり、操作する。

「これか」

オラゴンの格納されたファイルを見つけたのだろう、にやりと笑った。

「覚えてろよ……」

くやしくてくやしくてたまらない。レンは歯を食いしばり、喉の奥で唸った。

そんなレンのほおを、加藤は容赦なく殴りつけた。

「！　レン！」

地面に倒れたレンが、葵に支えられてようやく身体を起こしたとき。

加藤を乗せたヘリコプターは、すでにはるか上空にあった。

「……なんでだよ……」

オラゴンを奪われた。

その事実を認めたくなくて、レンはこぶしを地面に叩きつける。


レンの手からオラゴンの入った明のスマホを奪った加藤は、ヘリの中で電話をしていた。

会話の相手は、しわがれた声のモンスター……かつてセラーズだと思っていたゲノムだった。

「首尾はどうだ」

「スマホは確保した。すぐにもどる」

「そうか、よくやった」

手短に報告をして、加藤はすぐに電話を切る。

「ゲノム……それに闘神アカシャ、おまえらの思いどおりにはさせん……」

ヘリのローター音にまぎれるようにそう、つぶやいた。

日が暮れかけていた。

レンたちは街はずれの山道で、がっくりとへたりこんでいる。

「しょうがないよ……もう警察に言おうよ」

「事情が通じるかわからないけど、もうそうするしかないのかな」

葵と春馬のそんな会話を聞くと、レンの胸にますますやるせなさがこみあげてくる。

手近にあった石を拾いあげて、やつあたりのように思い切り投げた。

その石はバウンドして、道端に止まっていた大きなバイクにこつんとあたる。

自販機でジュースを買っていたバイクの持ち主が、こっちを振りむいた。

「……おい、今のおまえか？　なんぞ言うことあんだろォ」

学生服を着た高校生くらいの男子だった。

どこかで聞いたような、少し荒っぽい響きの口調。目つきがするどい。

手にしたヘルメットには『ＳＯＴＡ』と書いてあった。

レンは感情が追いつかず、ただ黙っていた。

それが生意気にうつったのか、その少年――聡太はレンの胸倉をぐっと掴む。

「ごめんなさいごめんなさい！」

皆実が、放心状態のレンに代わって必死で謝る。

聡太がこぶしを収めた。

「ちっ、最近のガキは自分で謝ることもできねーのかよ。ったく、親の顔が見たいわ」

親の顔、という言葉がまた、レンの心にぐさりと刺さる。

ずっと父親が探していたというオラゴンを奪われたくやしさが、よみがえる。

「うわああっ」

気持ちをどこへぶつけていいのか分からなかった。

叫びながら、レンは聡太に掴みかかる。

「わ、なんじゃわれ、やんのか、コラァ」

「やめろ、レン」

春馬が割って入ろうとする。

しかし止めきれず、レンとまとめて吹っ飛ばされてしまった。

「どうしよう……」

「ごめんなさい、ごめんなさい～」

葵と皆実はただオロオロしていた。

そのころ、加藤は、ヘリコプターである場所にむかっていた。

新たな潜伏場所──双方向のゲートにほど近い廃工場だ。

ヘリコプターがゆっくりと降下する先には、すでにセラーズの形をとるのをやめたゲノムの姿がある。

ヘリのドアをひらき、普通に降りていくと見せかけて……

加藤は手もとに隠し持ったスマホで、モンスターをショットした。

明から奪ったスマホに入っていた、『神威』だ。

「モンスト部隊、展開しろ！」

それを合図に、物陰から加藤の部下であるモンスト兵たちがあらわれる。

彼らは統率のとれた動きでゲノムを狙った。

しかし、当たらない。

そればかりかゲノムは、伸び縮みする腕でいともあっさり、加藤を捕らえた。

「目障りな人間めが。オルタナティブ・ドラゴンはどこだ。スマホをよこせ」

「クッ……」

不意を突いてゲノムを倒すつもりだった加藤のもくろみは、完全に外れた。

バシュッ！

そのとき、木々の隙間をぬって金色の光が飛びこんできた。

「はあっ！」

少女の澄んだ声がする。

軽やかにトンと木に足をつき、勢いを殺さずにターン。

そのままゲノムに突っこんで、加藤とゲノムを弾き飛ばして引きはなす。

「アーサー……か……？　あれはまだ使えないはずでは」

その凛々しい姿に、加藤が息をのむ。

林の奥から誰かが走ってくる。明だ。

明がエイイチに託された「最強のモンスター」。

それがこのアーサーにほかならない。

明は、加藤が倒れた拍子に落としたレンのスマホを、すばやく拾いあげた。

「皆殺しだ……きたれ。闘神アカシャよ」

戦乙女『アーサー』を前にしても怯みもせず、ゲノムは喉の奥で笑う。

天に高々と腕を広げて、そう言った。


バタッ！

聡太に再びとびかかっていったレンは、あっさりと押しかえされた。

「なんなんだよおまえら……」

怒りに任せて突っこむレンに、相手は怒るというより戸惑っている。

「ん？　そのお守り……」

レンが首からぶらさげたお守りを見て、聡太が不思議そうな顔になる。

「関係ないだろ」

親切にしてくれたおじさんにもらったお守りをレンはさっと隠す。

「ふん、そうかよ。早いとこ家に帰れ！」

「いやだ、オレは帰らない！」

ほとんど意地になってレンは叫んだ。

「オレはゲートへ行く。あいつらからオラゴンを助けだしてやらないと。きっと父さんだって……父さんだって」

父さん。繰りかえされるその言葉に、なぜか聡太が振りむいた。

そのとき、山全体を揺らすような轟音が響く。

「な、なんだ？」

地鳴りとともに、真っ黒な影が空を覆いつくす。

完全体に近い形態になった、闘神アカシャだった。

「お、おい？　なんだよありゃあ」

聡太は完全に腰をぬかしている。

「ゲートの方向だ……もしかしたら明さんの言ってた闘神が復活したのかも」

研究所のゲートの封鎖に失敗し、闘神の復活を許してしまった——。

察しの早い春馬には、すぐに事情がのみこめたらしい。

「行こう、むこうにきっとオラゴンがいる……」

レンは立ちあがって、歩きだそうとした。

「あんなのに勝てってこないよ！　無茶しないで」

葵が止めようとしてレンにかけよる。

しかし、振りかえったレンの真剣な視線におされて、立ち止まった。

「オレひとりなら絶対に勝てってこない」

レンは身体の横でぐっとこぶしをにぎる。

「でも……みんなといっしょだったから、ここまでこられた」

レンは必死だった。

誰かに助けて欲しいという気持ちをはじめて、素直に言葉にしていた。

「だからみんな、もう少しだけ、力を貸してくれないか」

「レン……」

春馬たちは顔を見あわせて、小さくうなずきあう。

「しょうがないなぁ〜。いっちょ、やりますか！」

皆実がぶんぶん！　と腕をまわした。

「みんな」

レンが礼を言おうと口をひらきかけたとき。

ばしっと手もとに、なにかが投げ渡された。

それはバイクのヘルメットで……渡してきた相手は聡太だった。

「乗れや」

「え？」

「ええけん、乗れっ」

思わぬ申し出にきょとんとするレンに、聡太は照れたように言う。

彼はバイクにまたがって、思い切りエンジンをふかした。

林の中を、明が駆けていた。

両ポケットに、ふたつのスマホが入っている。

ひとつは、一度は加藤に奪われたがとりかえした、オラゴン入りのスマホ……元々は明が未来から持ってきたもの。

もうひとつは、エイイチに託されたアーサー入りのスマホ、この時代のものだ。

ふたつを持って、レンたちが目指すのと同じゲートにむかう。

これ以上、アカシャの完全復活をもくろむゲノムの好きにはさせておけない。

「待て！」

ふたつの大きな力を手にした明に対して、追っ手はしつこかった。

木々の隙間から、特自のモンスト兵たちがつぎつぎに襲ってくる。

「くっ……」

量産型のモンスト兵の目を逃れるため、脇道に飛びこむ。

モンスターたちは木にぶつかって大破した。

「……あれは……」

ふっと、兵士たちとは比べ物にならないほどの気配を感じて振りむく。

背後に巨大な影がそびえていた。

「あきらめるんだな。さあそのスマホをよこすんだ」

「ゲノム……！」

アカシャを従えたゲノムが、恐ろしいほどのまがまがしさで近づいてくる。

果たして、自分ひとりで、勝てるのか。

明が、ぐっとくちびるを噛みしめたときだった。

「うおおおおお！」

遠くから、聞きおぼえのある声がする。

それに夜空をつんざくようなバイクのエンジン音も。

「……レン！」

見知らぬ学生服の少年とふたり乗りをしたレンが、視界に飛びこんできた。

「きたんだな、レン……！　オラゴンはここだ！　受けとれ！」

明は、レンのスマホを高くかざす。

「明さんだ……！　お兄ちゃん、あの人のところへ行って！」

「よしきた！」

運転手の少年とレンがうなずきあい、バイクがいっそうスピードをあげる。

そして、明とすれちがう一瞬で、パシリとスマホが手渡される。

レンの手の中にオラゴンがもどった瞬間だった。

「そのままゲートに行くんだ、レン！」

「はい！」

バイクは猛スピードで、ゲートの方向へ走り去っていく。

運転していたのが誰かは知らないが、心強い味方を見つけたようだ。

「さあ、ゲノム……それにアカシャ。おまえたちの相手は、この俺だ」

明はゲノムにむきあう。

レンはスマホの中のオラゴンとともに、目的地へむかった。

十歳のレンにだけ、頑張らせるわけにはいかない。

自分はここで一秒でも長く、アカシャを食い止めなくてはならない。

この時代で最強のモンスター、エイイチに託された『アーサー』とともに。


聡太の乗るバイクは、山道を走りつづけていた。

「つたく、すげー夜だわ。なんなんだアレ。CGか？」

よくわからないながらも、意外と面倒見のいい聡太はレンを送ってくれるらしい。

橋を渡り、カーブを曲がり……山の奥へ奥へと、進んでいく。

レンは、聡太の腰にしがみついたまま、明から受けとったスマホをぎゅっとにぎりしめた。

ようやく手の中にかえってきたオラゴン。もうぜったい離したくなかった。

「おいチビ。その住所は合ってんだろうな」

「うん！　でもこの辺の道、わかるの？」

「まあきたのは久しぶりだけんな。あの番地は龍ヶ門神社だぜ」

そう言って聡太は、バイクのメーターのあたりを指さした。

そこには、レンが持つのと同じお守りがぶらさがっている。

お守りに刺繍された文字は「龍ヶ門神社」。

どうやら聡太はこの辺りのことに詳しいらしい。

バイクはすいすいと山道を走る。

月の光をキレイに反射させたダム湖が見えてきた辺りで、ようやく止まった。

「この石段を登れば神社だ」

「いろいろありがとう」

「ああ、よくわからんかったけど、ま、楽しかったぜ。さっきは悪かったな。遠くで働いてるオヤジと電話で喧嘩してよ。まあちょっとむしゃくしゃしたっつーか」

「ううん、オレのほうこそ、やつあたりして」

「なんだ、おまえもやつあたりかよ」

ははっと明るく聡太は笑った。

レンもつられて笑顔になる。

「じゃ、とりあえず行くわ」

「うん、……あっ、お兄ちゃん、名前ちゃんと聞いてない……」

バイクにまたがった聡太は、振りかえって言った。

「名乗るほどのもんでねえわ」

どこかで聞いたセリフだ、とレンは思った。

こんなふうに、口が悪くてぶっきらぼうな相手から、親切にしてもらった記憶がある。
思いだそうとしている間に、聡太のバイクは夜の山道を走りだしていた。

アーサーは天を駆け、剣を振り、その力を光の矢として放つ。
金色のオーラをまとって風に乗るその姿は、聖なる王そのものだった。
アカシャの変幻自在の腕は攻撃をはじき、反撃に出る。
しかしアーサーも、ひらひらとそれをかわしていく。
絶対に負けられない、その思いが強いからだろうか。
本来パワーがケタちがいである相手と、明は互角に戦っていた。
一進一退の攻防にじれたアカシャがふと、狙いを変えた。
飛んでくる石や木片をよけながら、地面でアーサーをあやつる明。
高い知能を持つ闘神アカシャは、まず彼を狙うことにしたようだ。

「！」

石垣をふっ飛ばし、爆風と砂煙で明の視界を奪う。

さらに明の頭上に、アカシャの腕が猛スピードでせまる。

「くそっ……」

よけきれない、押しつぶされる、明がそう覚悟したときだった。

キイイン！

どこからか飛んできた火の矢が、アカシャに命中した。

弧を描いてもどってきた三つ叉の槍をキャッチしたのは、『カグツチ』だった。

『……あまねく大地に、神の祝福を』

『天草』がアカシャの胸にめがけて、レーザーのような水流を浴びせる。

爆風の中から天使『ガブリエル』もあらわれる。

「明さん！」

「お待たせ～」

「いっしょに戦わせてください！」

明のもとに、それぞれのモンスターのプレイヤーがあらわれる。

春馬、葵、皆実だった。

「……ふっ」

明はたのもしげに、小さく笑みを浮かべた。

「いけ、アーサー！」

「……やぁっ！」

ひらりと宙を舞ったアーサーは空中から三段にアカシャを斬りつける。

「すごい、アーサーを完璧に使いこなしてる！」

葵が感激してさけんだ。

「……！　気をつけろ！」

そこでアカシャが妙な動きを見せた。

体中にオーラをまとい、幾何学模様のモニュメントを出現させる。

そこから一気に周囲全方向へ、レーザーが放たれた。

「きゃあっ」

「ああっ!」

「くぅ……」

ガブリエル、天草、カグツチが次々に、クネクネと形を変える光にとらわれてしまう。

「あのレーザー、すべての属性のモンスターに有効なのか?」

相手の思わぬ力を目の当たりにして、春馬が弱気な声を上げた。

「みんな、持ちこたえるんだ……」

明がギリ、と唇を噛み、子供たちにそう告げる。


レンは山道の脇にある長い石段をかけのぼっていた。

「オレ……ここにも前にきたことが……」

父親がいなくなった場所だという、小さな神社。

無人の社殿にそっと入って、息をのんだ。

そこにあるのは、龍の絵巻物。

父の資料にあるのと、同じものだった。

「やっぱり……ここは特別な場所なんだ」

父とオラゴン、それに特別な力を持つゲート。

三つがどうつながるのかは、わからない。

けれど自分がここに呼ばれたのは、きっとなにかの運命だ。

ゲートは悪用させない。もうオラゴンも奪われたくない。

ここはきっと、レンと父が昔旅行にきた場所だ。

家にあったふたりの写真は、ここで撮ったもののような気がする。

父の優しいおもかげが、ふっと頭をよぎった。力強い腕で、肩車をしてもらったような記憶がある。

「絶対……大丈夫。できる。父さん、見てて」

決意を固めて神社を出たレンの目に、あるものが飛びこんでくる。

「！」

肥大して人間にちかい形になったアカシャ。

それと対峙するアーサーたち。

空気をびりびりとふるわせるような力と力のせめぎあいだった。

山を削りとるように、モンスターたちが戦っている。

「オラゴン……行けるか」

レンがたずねると、こたえるようにスマホがじわりとあつくなった。

「いけっ……！」

渾身の力をこめて、スマホからオラゴンを呼びだす。

夜の闇の中に放たれた緋色の龍が、白い月の浮いた夜空に吠えた。

たどり着いたゲート

炎の龍であるオラゴンが吠えたそのとき、放たれたパワーは絶大だった。
ゲートのそばにいたからだろうか。
オラゴンは本来の力をとりもどしている。
天をさくように一筋の光が生まれる。
それが地上にぶつかり、小さな太陽のような火球になった。
水が生き物のように形をとって空に吸いこまれる。
ダム湖の水が一瞬で干上がる。

オラゴン

かつてしずんだと思われる、小さな村までが姿をあらわした。

「これが、オヤジの村……？」

バイクで山をおりようとしていた聡太が、異様な光景に息をのむ。


オラゴンが降臨したダムの底には、無数のモノリスが立ちはじめる。

巨大なエネルギーがプラズマになって空気をただよい、そして集まる。

「ゲートだ……」

レンはごくりと息をのんだ。

『無限』をあらわすメビウスの輪にも似た、円環のゲート。

世界でひとつの双方向性をもつ特別な門が、ついに姿をあらわした。

ゴオオオオオ！

オラゴンが天高く吠える。

その唸りにひきよせられたように。

ゆっくりとアカシャが姿をあらわす。

ズシン、ズシンと近づき、オラゴンの首を掴み、喉笛に噛みつく。

「オラゴン……っ」

首をしならせてどうにか逃れるオラゴン。

しかししつこく何度でも、アカシャは食らいつく。力と力がぶつかりあうたびに、オラゴンは高く苦しげに吠えていた。

やはり闘神アカシャの力は絶大だった。

「くっ……」

レンの気持ちが折れそうになったそのとき、援軍があらわれた。

四体のモンスター……

明のアーサー。

春馬のカグツチ。

葵の天草。

皆実のガブリエル。

「みんな……！」

全員が、力の限り、オラゴンを援護し、アカシャに立ちむかっている。

「レーン！」

山道を駆けて、葵たちが、そして明がレンのもとに集まる。

「無事だったんだね！　レン！」

「みんな……」

「絶対にここで止めるぞ！　皆実、今だ！」

「うん！」

明の声に応えて、皆実のガブリエルが翼を広げた。

『祝福のお知らせに参りましたぁ！』

ふわりふわりと飛びながら、天使は的確に急所を打つ。

「春馬！」

「はい！」

カグツチが槍でアカシャを攻撃する。

『はあ……！』

モノリスの上を跳んで移動し、高い位置から急降下で薙ぎはらった。

「レン……行けるか」

明の問いに、レンは力強くうなずいた。

「オラゴン……やってくれ！」

炎の波動が、周囲をつつみこんだ。

同じころ、レンたちに遅れてゲートを確認した加藤もまた、現場に到着していた。

「……『あれ』がまた……成長している」

アカシャは少しずつ、完全体に近づいていた。

今となってはわかる。

特務自衛隊がこの計画に加担したのは失敗だったと。

地下から見つかった、不思議な力を持つ龍とゲート。

この力は、世界の治安のために使うべきだ、それが自分の使命だと思った。

ただの研究者である玄馬やエイイチたちに任せてなどおけない。

だからセラーズと名乗るアメリカ人とも、手を組むことにした。

最初は米国のエネルギー省の関係者だと名乗っていたので、疑わなかった。

しかし、いいように乗せられていたわけだ。

そいつが世界の支配をもくろむモンスター、破壊の闘神の手先であるとも、気づかずに。

「クソッ……」

加藤が歯ぎしりしている間にも、アカシャとオラゴンの戦いはつづいている。

「…………！」

いちだんと巨大化したアカシャが、空間を飲みこむような力を展開させた。

『我は……あらゆる世界の記憶をつかさどる者……』

なにもなかった空間に星々のエネルギーたちが集まる。

隕石のようにアカシャをとりかこむそれらが、一瞬で爆発した。

加藤の意識はそこで途切れた——。

オラゴンの力をものともせず、アカシャの力は高まりつづけていた。

「いろんな力が集まってる……これが闘神……」

「オラゴンのブレスはよけられちゃうし……どうしたらいいの」

絶大な力の前に絶望しているのは、葵や春馬も同じだった。

勝てないかもしれない。

そんな予感が生まれ始めている。

「レン。俺が奴の動きを止める。その間に狙うんだ」

アーサーを放つべく、しっかりとショットのかまえに入ったまま、明が言う。

「オトリってこと？　……でも！」

「いい。借りは未来で返してもらうからな」

「え……借り？　未来？」

キョトンとするレンに、明は小さく笑った。

「わかるさ。四年後に。だから今は行くんだ」

明が放ったアーサーのもとに、金色のオーラが集まる。

「円卓の騎士の加護のもとに…」

アーサー。十二人の騎士ナイツ・オブ・ラウンドに守られた、清らかなる乙女。

そのすべての力が、解き放たれようとしていた。

『聖剣エクスカリバー！』

エネルギーに満ちた剣が、渾身の力で振りおろされる。

アカシャの動きが、一瞬止まった。

「私たちも！」

ガブリエル、天草、カグツチ。

全員が同時に、最後の一撃を放つ。

それらはより集まって、ひとつの巨大な光の渦になる。

「オラゴン、今だ」

オラゴンが羽を広げ、光の中に飛びこむ。
緋色だった身体が、まばゆい金色の光につつまれた。
光そのものになった姿のまま、突撃していく。
オラゴンが高々と啼いた。
太い一筋の光がアカシャの喉もとを貫通する。
その瞬間、周囲を舞っていた星々が力を失ったように墜落を始める。
ぐるぐると力を巡らせるように動いていたゲートも、停止する。
異空間からの力が断たれたゲートは、周囲の空間を飲みこむように、消滅した。

最後の戦い

焔レン

「う……」

気がつくとレンたちは、水のないダムの底にいた。

何事もなかったように、空で月が光っている。

薄目をあけると、倒れたアカシャの姿が目に入る。

「やったのか……？」

ほっとしかけたレンだが、すぐにそうではないことに気づく。

倒れたアカシャの傍らには、表情もなくゲノムが立っていた。

『まさかここまで手こずらされるとはな』

ゲノムはしっかりと閉じられたアカシャの大きな瞳に、ぐにゅりと腕を突っこむ。

『さあ、アカシャよ。私を食らうがいい。我が生命、おまえに与えよう』

ゲノムの身体が、正しい配列を忘れたようにぐしゃりとくずれた。

ただの組織のようになった身体はアカシャにとりこまれ、完全に同化する。

ごぼごぼと、アカシャの背が波打った。

「まさか……これが完全体」

明がつぶやく。

『この世界にあるすべての魂を、過去を、未来を、記憶までをも。なにもかも食いつくしてやろう』

ゲノムの声音でアカシャがしゃべる。

黒いモヤをまといながら、夜空を突きぬけるような大きさで成長している。

時空をめぐるモンスターであるゲノムの命が注がれたことで、いっそう巨大なパワーを手に入れたようだった。

『おまえたちに、絶望を見せてやろう』

邪悪な声が、そう告げた。

「逃げろ！　こいつは危険だ！」

明がさけぶ。レンたちはパッと散るように駆けだした。

しかし、皆実を、葵を、春馬を、そしてレンを。

百合と玄馬から記憶を奪ったのと同じように黒い触手がとらえていく。

「きゃああ！」

葵が必死に伸ばした手が、抵抗むなしくつつまれる。

意識が黒く塗りつぶされるのを感じた。

アカシャにとらわれたレンは、夢を見ていた。
龍の研究に夢中だった父。
レンを肩車してくれて、キャッチボールをしてくれて……
あの神社にも、いっしょに連れていってくれた。

『レン、またいつかいっしょに旅をしよう』

夢の中の父親はやさしく手を差し伸べている。

「レン、おまえならやれる」

父の声がふっと、誰かのものと混ざりあった。

夢の中なのでよく聞きとれない。

でもそれは、オラゴンの声のように思えた。

「レン、ストライクショットを放つんだ」

「ストライクショット……」

「……残ったすべての力をおまえに預ける。仲間を……世界を救うんだ」

「でも、そしたらオラゴンは」

意識の世界で、レンは必死にオラゴンの姿を探す。

でもその姿は、どこにも見えない。

「いいんだ。おまえとは、いずれまた会える。いっしょに旅ができて、楽しかった」

「オラゴン……」

「おまえは強い。強い子だ。大丈夫だ」

レンは決意してうなずく。

「……うん」

答えた瞬間、目が覚めた。

暴風の中、オラゴンの背中に大の字に横たわっている。

ほのかな温かさを感じた。

「オラゴン。オレ、やるよ」

優しい瞳の龍にむかって、レンは言う。

おまえならできる。オラゴンの目はそう言っていた。

オラゴンの背に、ゆっくりと立つ。

風の流れが変わった。

レンを守護するように、空気の渦が身体をとり巻く。

「力を貸してくれ」

オラゴンの身体は、ゆっくりと光を放つ。

その光はレンに同化し、レンの中を駆けめぐる。
もうなにも、こわくなかった。
「行くぜ！」
闘気が身体にみなぎってくる。
スマホを手にとり、地上のアカシャを狙ってぐっと腕を引く。
高まり切ったところで、手を離した。
「ストライクショット！」
その声に応え、オラゴンを球体状のオーラがつつむ。
夜の闇をふるわせて、龍の咆哮が響き渡った。
オラゴンはただの光の塊になり、一直線にアカシャにむかう。
目も眩むほどまぶしい光だ。
夜空をまっぷたつにさくように、突き進む。
狙いはたったひとつ……アカシャの弱点。
左胸にある心臓だった。

ガキィン！


絶大な力が、その一点に激突する。

衝撃波が大地を走り、ごう、と音を立てた。

「……う、ググ……」

ぶつかりあい、がっちりと噛み合ったようなアカシャとオラゴン。

一進一退のパワーのせめぎあいだった。

「ぐ……」

アカシャの身体が指先から少しずつ溶けていく。

そして、次の瞬間。

光となったオラゴンは、一気にアカシャの胸を、刺し貫いた。

「ぎゃああああああ」

アカシャの断末魔の声が響き渡る。

身体が一気に溶解し、チリとなって消え失せた。

『ドゥーム』、『ニルヴァーナ』、『メメント・モリ』、『カルマ』。

アカシャが倒されたことを知ってだろうか。

時空のはざまにいるそれら闘神たちが嘆きの声をあげ、なにもない空からこちらに手を伸ばす。

しかしそれらも、すぐに消えてなくなった。

「やったのか……？」

ふわりと地面に降り立ったレンは、目をチカチカさせながら、オラゴンの姿を探す。

しかし、どこにもいない。

「……っ！　オラゴン、どこだ？」

オラゴンはきっと、このままどこかへ行ってしまう。

切ないほどくっきりと、そんな予感があった。

『レン。悲しむことはない』

黒いモヤがふわふわと漂う周囲から、声だけが聞こえた。

『おまえたちとは、またどこかで会えるだろう』

「オラゴン、待っ……」

レンは必死で手を伸ばす。しかし少しずつ、意識が遠のいていった。

身体から力を失い、どさりと倒れる。

そんなレンを、ただ月が照らしていた。

全てが終わった、その朝。

干上がったダムの底にしらじらと日がさしていた。

明は目をあけ、ゆっくりと起きあがる。

あたりからは、アカシャの気配も、そしてオラゴンたちも消え失せていた。

レンら四人の子供たちが、ぐったりと倒れている。

痛む身体で立ちあがると、聞きおぼえのある声がした。

「明！」

「！　レン……みんなも」

そこに立っているのは、十四歳のレン、葵、皆実だった。

『現代』から、エポカの力を借りて、こちらに渡ってきたらしい。

「むかえにきたぞ。明」

「明～、ちび皆実たちをお世話してくれてありがとう」

「エポカから、過去の自分とは絶対に会わないように言われてるの。帰ろう」

三人はうれしそうに言う。

ずっと小さい三人と接してきたので、明は妙な気持ちだった。

「でもこいつらは……今回の記憶を失ったまま、なのか」

アカシャは滅んだものの、十歳のレンたちは記憶を吸われたままだ。

このまま、オラゴンのことも明のことも忘れたまま、成長していく。

「大丈夫だって！　記憶なんか何度でも作れるよ。明は誰がなんと言おうが、オレたちの仲間だ」

「そうだよ！　あたしたちがこれからまた出会って、チーム組むんだって知ってるっしょ～」

ふっ、と明が皮肉に笑う。

だけどその顔は、いつもより少し柔らかい。

その指には、レンらと同じ「はじまりの指輪」がしっかりはめられている。

「帰ろう。もとの時代へ。モンストの大会の練習だってあるんだしな！　春馬は渋谷の仲間と強くなってる。負けられないだろ！」

「うーん、でもきたばっかりなのに、ちょっともったいないかな～」

「文句言わないの！」

ブツブツ言う皆実をよそに、時空の扉がひらいた。

ぴょこんと飛び越えて皆実が、その後に葵が扉をくぐる。

「頑張ったな。かっこよかったぜ」

レンが『過去の自分』にそう言い残して、それにつづいた。

明も子供たちをじっと見つめてから、歩きだした。

全員が通った後でゆっくりと時空の扉がとじる。
十歳のレンたちは、本当にすごい「大冒険」をした。
でも『これから』だって、それに負けないくらいいろんなことがある。
子供のレンたちがそれを知るのは、もう少し、先のこと。

時空の扉を通りながら、十四歳のレンは夢を見ていた。
五歳のとき、父親とダム湖の神社にきたときのことだ。
『レン、写真を撮ろう』
龍の絵巻物の神社で、並んで写真を撮る。
神社の調査が終わった後は、肩車で森の中の石段を降りた。
『わっ、お父さん、ちょっと怖いよ』
それからふたりは、水をたたえたダムをながめていた。

鳥が何羽も、ひろびろとした空を横切っていく。

『レン、またいつかいっしょに旅をしよう』

夕日に赤く顔を染めた父がふと口にした言葉。

『強く生きるんだぞ』

あのとき、父はどうしてそんなことを言ったのだろう。

まるでお別れみたいに、ぐっと抱きしめられた。

父は……泣いていたような気もする。

そういえばあの日も、澄んだ空がきれいだった。


「あれ？　エポカちゃんは？」

十四歳のレンたちがもどってきたのは、四年後のダム湖。

待っているはずのエポカの姿はない。

「また時空の旅にでも出ちゃったのかな〜？」

のんきにそう言う皆実に笑いかえし、レンはダムの堤防から湖を見た。

いつかと同じように鳥が飛んでいる。
この場所にくるのは、今日で三回目になる。
一回目は五歳のとき、父親といっしょに。
二回目は十歳のとき、葵たちと、十四歳の明と。
いつか父に会えるなら、伝えたい。
父がいなくなってから、ずっとひとりで頑張らなきゃと思ってきた。
でも……あの十歳の旅で気づいた。
ひとりじゃできないことも、仲間といっしょなら成しとげられると。
そう告げたら、父はどんな顔をするだろう。
コツンと足の先になにかが当たった。
古ぼけた色の小さなボールが落ちている。
「これ……」
見覚えがあるので拾いあげる。
やっぱりだ。

十歳の自分があの旅の途中ずっと持っていた、父との思い出のボール。

いつのまにかなくしていたと思っていた。

「四年前、ここに置き忘れてたのか……」

すっかり色あせたそれを、ポンと軽く投げる。

「はわわ」

「あっ」

「…………？」

弾むボールは皆実から葵の手へ渡り……そして明の手の中におさまった。

当たり前のように明から、ボールが投げかえされる。

「へへっ。ナイスキャッチ」

ぱしりと受けとると、なんだかすごく、うれしかった。

おわり

この本は、映画『モンスターストライク THE MOVIE はじまりの場所へ』（二〇一六年十二月公開）をもとにノベライズしたものです。

集英社みらい文庫

モンスターストライク THE MOVIE(ザ ムービー)
はじまりの場所(ばしょ)へ

XFLAG™ スタジオ 原作
相羽 鈴(あいば りん) 著　岸本 卓(きしもと たく) 脚本

ファンレターのあて先
〒101-8050 東京都千代田区一ツ橋2-5-10 集英社みらい文庫編集部
いただいたお便りは編集部から先生におわたしいたします。

2016年12月14日 第1刷発行
2016年12月31日 第2刷発行

発行者 北畠輝幸
発行所 株式会社 集英社
〒101-8050 東京都千代田区一ツ橋2-5-10
電話 編集部 03-3230-6246
読者係 03-3230-6080
販売部 03-3230-6393(書店専用)
http://miraibunko.jp
装丁 +++野田由美子 中島由佳理
印刷 図書印刷株式会社 凸版印刷株式会社
製本 図書印刷株式会社
★この作品はフィクションです。実在の人物・団体・事件などにはいっさい関係ありません。
ISBN978-4-08-321348-9 C8293 N.D.C.913 182P 18cm

12月22日発売予定!!

怪談いろはカルタ

急がばまわれど逃げられず

めくったら最後、とちゅうでやめられないよ?

緑川聖司・作
紅緒(べにお)・絵

新感覚☆恐怖ミステリー

あるお屋敷に迷いこんだ小6の朱里は、はかま姿のナゾの少年“言彦さん”に出会う。そして、“怪談いろはカルタ”をやるハメに。札をめくると怪談がはじまってしまい……!?

い
急がば
まわれど
逃げられず

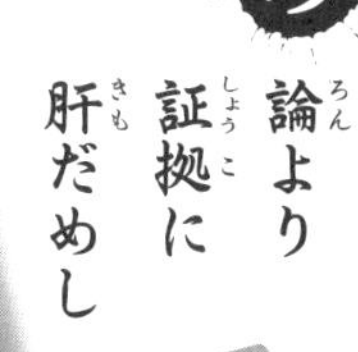
ろ
論より
証拠に
肝だめし

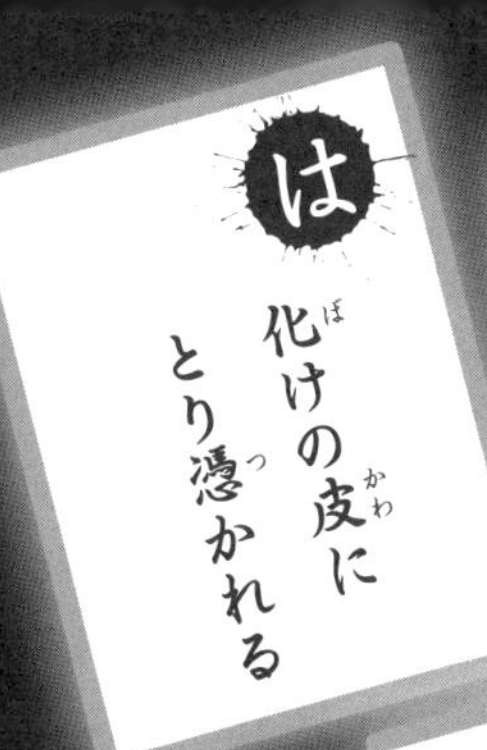
は
化けの皮に
とり憑かれる

に
二兎追う
ものは、
百兎に追われる

ほ
仏の顔も
鬼になる

へ
下手な鉄砲、
数うちゃ自滅

と
遠くの
親戚より
近くの幽霊

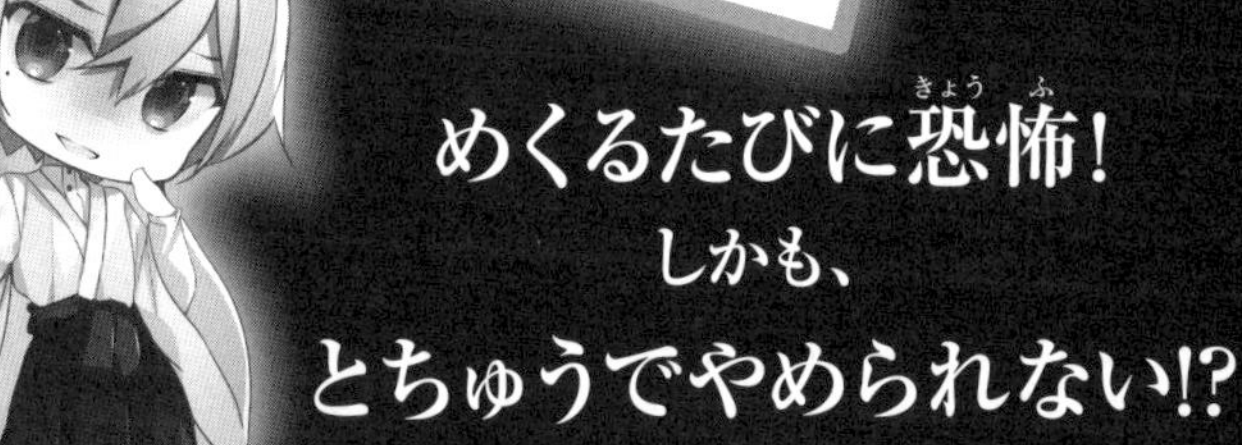
めくるたびに恐怖！
しかも、
とちゅうでやめられない!?
そして……
言彦さんの正体とは？？

命がけにつき！

まばたき禁止の
スリル！

キミにこの謎がとけるかな？

犯罪組織「死の十二貴族」の手によって
密室にとじこめられる
天才少年小説家・月読幽。
バツグンの知恵と推理力を駆使して、
同級生の雫と太陽とともに脱出にいどむ！

この脱出劇、

月読幽の死の脱出ゲーム

近江屋一朗・作
藍本松・絵
定価：本体620円+税

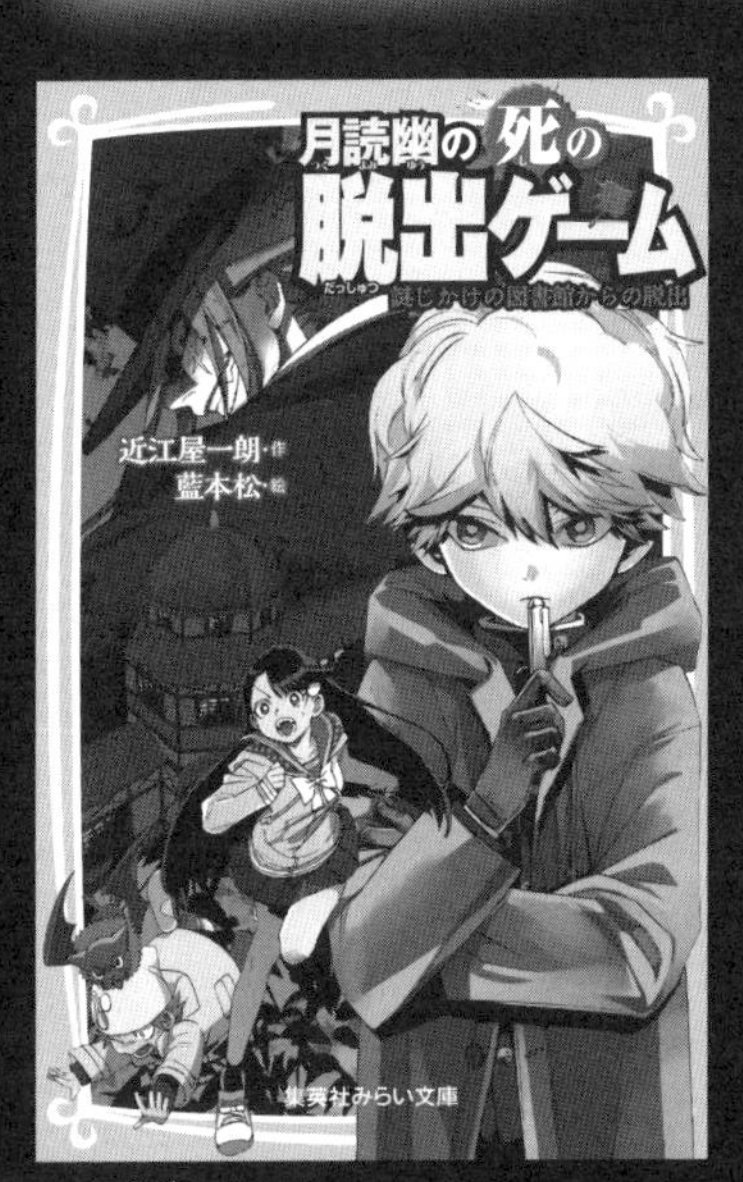

『謎じかけの
図書館からの脱出』

好評発売中!!

『爆発寸前！寝台特急
アンタレス号からの脱出』

2017年1月27日発売予定!

田中くんって何者!?

試し読み読者から絶賛の嵐!

- ぼくも給食マスターになりたいです（8歳・小学生）
- 田中くんのおかげで給食が好きになりました（10歳・小学生）
- この本を読んで牛乳が飲めるようになりました（11歳・小学生）
- この本、めっちゃオモロい!（12歳・中学生）
- 田中くんカワイイ～♥（14歳・中学生）
- 「牛乳カンパイ係」の仕事ぶり、勉強になります（会社員・25歳）
- 料理男子な田中くんと結婚した～い（OL・29歳）
- ウチの子の食べ物の好き嫌いがなくなりました（主婦・43歳）
- 田中くんを読んで勇気がでました。就職します（無職・34歳）
- 文部科学省の大臣に推薦したい本ですね（59歳・会社役員）

あらすじ

御石井小学校5年1組の**転校生・鈴木ミノル**は
牛乳が苦手で給食が大きらい!
しかし、同じクラスの**「牛乳カンパイ係」田中くん**と出会い、
とんでもない給食タイムを目の当たりにして……!!
読めば読むほどおいしくなる**デリシャス学園グルメコメディ♪**

三国志のヒーローたちが集結！
曹操
孫権
劉備
諸葛亮
奥山景布子・著
RICCA・絵
三国志ヒーローズ!!

「みらい文庫」読者のみなさんへ

言葉を学ぶ、感性を磨く、創造力を育む……、読書は「人間力」を高めるために欠かせません。

たった一枚のページをめくる向こう側に、未知の世界、ドキドキのみらいが無限に広がっている。

これこそが「本」だけが持っているパワーです。

学校の朝の読書に、休み時間に、放課後に……。いつでも、どこでも、すぐに続きを読みたくなるような、魅力に溢れる本をたくさん揃えていきたい。読書がくれる、心がきらきらしたり胸がきゅんとする瞬間を体験してほしい、楽しんでほしい。みらいの日本、そして世界を担うみなさんが、やがて大人になった時、「読書の魅力を初めて知った本」「自分のおこづかいで初めて買った一冊」と思い出してくれるような作品を一所懸命、大切に創っていきたい。

そんないっぱいの想いを込めながら、作家の先生方と一緒に、私たちは素敵な本作りを続けていきます。「みらい文庫」は、無限の宇宙に浮かぶ星のように、夢をたたえ輝きながら、次々と新しく生まれ続けます。

本を持つ、その手の中に、ドキドキするみらい——。

本の宇宙から、自分だけの健やかな空想力を育て、〝みらいの星〟をたくさん見つけてください。

そして、大切なこと、大切な人をきちんと守る、強くて、やさしい大人になってくれることを心から願っています。

2011年　春

集英社みらい文庫編集部